無論前方的路還有多遠，你也許會哭，

答應我，一定要繼續走下去。

U0019162

陪伴
是世上最奢侈的禮物

miss you
already

Peter Su

著

序

最重要的原來一直都在身邊

「陪伴」這兩個字，看似很簡單，對我來說，卻花了好長的一段時間才學會它。

對於每個人來說，在不同的年紀和狀態，陪伴的定義都各自不同。有些人認為簡單；有些人則認為是件複雜的事。

還記得小時候，陪伴很簡單，只要你願意花時間和對方在一起，那就是陪伴的意義；但當我們有天走過了荊棘滿途、嘗過了人情冷暖，對於受了傷的心來說，僅僅是拿時間來換取陪伴又太過於膚淺。就這樣，一直到有天，當身邊那些摯愛的人一一地離去，相處的時間越來越少，陪伴也開始變得奢侈。於是我們又像是回到了小時候那樣，只要你願意留下時間陪我，即使什麼事都不做，那便是陪伴的意義。

我們或許都曾出現在這本書裡的某個生命經驗裡，曾為了那些不理

解而逃避；曾忽略過身邊那些摯愛的人。最後，繞了一大圈才發現，最重要的原來一直都在身邊，最想去的遠方就是回家。

我常常在思考，人生究竟是一場啟程還是歸航，而我們最後的終點又將會是哪裡。

如果人生的期限就這樣擺在你眼前，你會在終點來臨前選擇做什麼？你願意為了自己和你所愛的人，好好地活一場嗎？

目錄

有一種思念是，還沒開口說再見，
就已經開始想念了。

1:32am

明明在同一片天空下，卻無法馬上走到他們的身邊，
這強烈的感覺讓小東無力，甚至連難過的情緒都快感覺不到了。

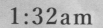

1.

在國外工作的小東，為了準備資料剛回到臺灣；就在他回來的第二個禮拜一半夜，接到了一通電話，他雙眼微張地看著床頭櫃上的鬧鐘——1 點 32 分，心想該不會是想約唱歌喝酒的朋友？

新買的智慧型手機螢幕上，顯示著母親的名字和照片，不知為何他心中閃過一絲緊張的念頭；接起電話，聽筒的另一頭傳來了母親的哀嚎聲，不斷地重複著：「小東，你爸爸……你爸爸他休克了……醫生剛剛做了急救，現在準備送進加護病房。小東啊，怎麼辦……」

如反射動作般，小東從躺著的床上直接彈到了地面，聽筒彼方母親的哭聲，和深夜裡的寂靜成了強烈的對比。

不知是不是因為母親如此崩潰的哭喊，反而讓他顯得異常的冷靜。在這樣沒有飛機以及火車班次的深夜裡，他只能在電話裡不停地安撫母親說，自己會先簡單整理一下，天一亮就搭最早的班機回家，並告訴她有任何消息一定要馬上跟他聯絡，累了也先休息一下，雖然他知道這是不可能的事。

小東走向旅館的陽台想試著透透氣，11 月的臺北，入夜後氣溫微涼，看著眼前大樓間閃爍的紅燈、大街上嬉鬧的年輕人，小東的思緒除

　　　　　　　　　　　　　陪伴，是世上最奢侈的禮物

了一片黑暗，剩下的也只有大樓間微弱的紅燈殘影、遠在台東的母親無助吶喊，以及下午通話時父親的聲音……

明明在同一片天空下，卻無法馬上走到他們的身邊，這強烈的感覺讓小東無力，甚至連難過的情緒都快感覺不到了。

2.

1 個月前，小東為了簽證的問題從紐西蘭回到臺灣，心想既然之後待在家鄉的時間不多，這次不妨多請一些假，順便陪陪臺灣的家人和老朋友。

飛機一落地，小東馬上從臺北搭最快的一班火車趕回老家——臺東。他常常和紐西蘭的同事說，自己見過最美的風景就是臺灣花東線的沿途風景；每當火車快速行駛過縱谷間翠綠的山野，可以看到金黃色的光束從空中穿透棉花糖般的白雲，毫無保留地灑在一塊又一塊的稻田上，微風輕撫整片大地，葉子輕柔地來回搖晃。田野間，有幾戶人家正燒著柴，一旁的小徑直通中央山脈的山腳下，村民一如既往地騎著摩托車通往回家的路上，窗外如此簡單卻又平凡的畫面，像是一幅有生命的畫作；小東每每經過這段路，心中總是有著一股難以言喻的平靜。

但小東心裡知道，所謂最美的風景或許不是因為眼前所見到的畫面，而是因為這是回家的路。

對他來說，這是半年來才開始有的體會。當初他一心只想著離開這毫無發展的故鄉，雖然母親心裡千百個不願意，但還是含著眼淚、站在車站月台前支持他的決定。3 年前，小東就這樣扛著一袋行李

上了北上列車，隔著窗子，他看著一臉擔憂的母親對著自己比手畫腳，一下比了個電話的手勢，一下指著他的行李；他翻了翻行李上的口袋，發現裡面放了幾千元，原來母親偷偷地塞了一些私房錢給他；十八相送的情節讓他一個人在車上頗為尷尬，趕緊對著母親比了個「OK」的手勢，示意她不用擔心，到了臺北會打電話回家。

發車時間一到，列車緩緩前行，小東把頭貼近窗邊和母親揮手道別，窗上因著他的呼吸而產生了一圈霧氣；道別得越是用力，霧氣的範圍越是增加，短短幾秒鐘，幾乎遮住了他的半張臉。母親只是揮著手跟著列車前進了幾步，似乎是知道自己再怎麼樣也趕不上孩子的腳步，於是她停了下來，看著原本熟悉的兒子突然模糊的臉龐，獨自一人站在月台間，目送著火車一路消失在轉彎之後，眼淚早已來不及收回地打在月台上……

小東望著窗外漸漸遠離的故鄉時，他告訴自己，只有離開這裡才有更好的發展機會。無論如何，去外頭闖闖，都好過父親逼他去唸自己不想唸的學校；死守在這，對未來一點幫助也沒有，趁這些年多賺點錢，對自己還有家裡的經濟都會有幫助的。
小東對著窗上的霧氣畫了個圈，在圈裡來回地塗抹，直到空白抹開霧氣，心裡不禁想著：「父親呢？為何沒來道別。」

3.

當火車抵達臺東火車站時，母親老早就坐在摩托車上等著小東，遠遠地看見他走出剪票口後，急忙將手裡的安全帽準備好，雖然一臉老神在在的模樣，但小東看得出來她無法掩飾臉上雀躍的笑容。畢竟是自己的母親，更何況她是那種所有情緒全寫在臉上的個性，小東為了讓母親保持自以為的最佳掩飾，只是微笑著輕輕揮手。

走近之後，原本笑容滿面的母親便開始拿出看家本領碎碎唸著：「啊呀，是不是又變瘦了？」
「有嗎？我最近有在運動啦。」
「我看你是不是都沒有正常吃飯。晚上會在家嗎？我有給你煮飯，你爸今天有釣到石斑喔。」
「明天還會去釣魚嗎？我也要去。」

母親告訴小東前陣子因為颱風的關係，山上養殖場幾乎被摧毀，圈子裡的石斑魚全都流到了附近的港口邊，所以這幾天她和父親兩人沒事就跑到港口釣魚，幾乎每天都可以釣到幾條。
小東坐在摩托車後座聽著母親像是朋友般地分享自己的戰利事蹟，兩人坐在緩慢的摩托車上，有說有笑地沿著田野旁的小徑，騎向回家的路。

陪伴，是世上最奢侈的禮物

那一天，遠方的夕陽一如既往地緩緩落下，當太陽漸漸地低過遠邊的山峰時，大地上的一切被渲染成一片又一片的色塊，顏色隨著時間的流動而變化，宛如小東和同事敘述過的那些畫面，像極了那幅名為「回家」的畫。

而小東不知道的是，原來自己也在那畫裡，一直都在。

4.

「您的父親因為昏迷太久，醒來後，腦部可能會嚴重受損，你們要做好心理準備，稍等我們會為您父親做些進一步的檢查，請在外面稍等。」
小東走出診間室後，醫生的話像是迴音一樣地擺盪在醫院的長廊上。

「怎麼會這樣……」一旁的母親無助地握著小東的手，不停地重複說著，眼淚早已流個不停。
小東知道自己絕對不能哭，因為只要他一哭，這個家的最後一道防線就會徹底崩潰。

不知道在走廊上失神了多久，加護病房的門突然間被打開，護理師嚴肅地推著病床上昏迷的父親快步走出，床邊掛著許多儀器和氧氣瓶，有那麼一瞬間，小東發現父親突然老了許多，已經不是印象中

的模樣。臉上的紋理加深了，灰黑色的髮絲變得雪白，凌亂分岔的髮流和黑白參差的鬍渣；一時之間，憔悴的模樣讓小東幾乎無法相信眼前的人，是曾經那個心目中無比威嚴的父親。

一旁的母親見到依舊昏迷的父親，拉著小東的手喊著：「你兒子回來了，快起來啊，兒子，快跟你爸說你回來了。」

小東輕輕地在父親身旁說著：「爸，我回來了，快醒醒啊。」
母親幾乎無法控制自己情緒地在一旁對小東喊著：「你說大聲點，大聲點。」
小東的理智線像是被母親的哭喊聲切斷似的，抓著父親的手死命地大喊：「爸，我是小東啊，我回來了，我在這裡。」

忽然間，原本還偶有交談聲的醫院長廊陷入了一片寂靜，只剩下小東的吶喊迴盪在所有人來回漂移的眼神裡。

5.

「我們需要一位家屬陪同。」在進入 X 光室之前，護理師看著小東和母親說。
小東向護理師點了點頭。
「你會使用這個嗎？平均 2 到 3 秒按壓一次。」護理師示範著手上

正在替小東父親按壓的氧氣傳輸器。

小東來不及害怕地從護理師手上接了下來，小心翼翼地在心裡數著：1 秒、2 秒、3 秒，壓。深怕自己按的方式不對，因為父親此刻的每一次呼吸都被控制在自己的手裡，試著不胡思亂想的小東，心中卻無法停止不想：眼前的父親……已經無法自行呼吸了。走進 X 光室後，原本長廊上的雜音在這全都靜止了，安靜得只剩下病床旁偵測父親心跳的電子儀器聲響，和小東沉重的心跳聲。

咚……咚……咚……咚……，胸悶得發疼，像是有個人在拉扯，又重又無法掙脫。

嗶……嗶……嗶…… 1 秒、2 秒、3 秒，壓。

每按壓一次氧氣傳輸的小東，眼淚也不聽使喚地跟著手中的步驟一滴一滴地掉下。但他知道，當 X 光室的門一打開，他便需將眼淚收起，因為外頭還有一位無助的母親需要他的力量支撐著。

在做完 X 光檢查之後，護理師先將父親推回加護病房，在解說完所有住院相關事項後，需要家屬簽署相關文件，站在一旁的母親已經如此崩潰，小東便一手將文件接下。面對如此繁複的文件，反覆讀著手上每一份切結書上密密麻麻的文字，這彷彿記載著一個人的生命分量；有那麼一刻，小東清楚地意識到，原來一個人的生命可以如此的脆弱，而每一次的簽名就像是替父親決定了生命的方向；一

夕之間小東面對如此巨大的壓力，雙手顫抖著寫下自己的名字，他知道此刻的自己如果不堅強下去，這個家就會全盤瓦解。

那天，走出醫院大門的小東，抬頭看著蔚藍的天空，諷刺的好天氣讓他感到麻木，時間在此刻似乎失去了作用，他深深吸了一口氣，知道現在的自己，是這個家唯一的支撐。

還來不及向昨天的自己道別，而今天的自己又不知該去向哪裡，那天站在醫院外頭的小東，無論空白的畫面在大腦裡持續了多久，總希望能在眨一次眼後醒來，驚覺這只是一場夢。

聽說幸福容易缺貨，

如果你恰好有，請別亂揮霍。

時間，在我們成長的路上只負責前進，
從來都不負責答案。

11 月的第 5 個禮拜一

每個在加護病房外等待的人，臉上、手上、心上全都刻下了願望，
只盼厚重鐵門裡的至親能早日康復。

Chapter 2.

1.

11 月的臺北，天氣依舊撲朔迷離，時而像涼風愜意的秋天，時而像熱死人不償命的夏天，不知是不是因為這樣，早上還沒事的小東，下午忽然感到頭暈、胸悶又發；外頭豔陽高照，自己卻裹著被子、蜷著身軀窩在旅館床上，指尖緩慢地輕打著鍵盤，準備簽證的資料，看著電腦螢幕右上角的日期顯示：禮拜一。心情感到非常憂鬱。

怎麼突然身體不舒服？索性關上電腦的小東決定先去看個醫生。結果醫生說沒感冒也沒發燒，只能回去多喝水、休息。回到住處的小東想想實在有夠荒謬，便拿起手機拍下自己狼狽的模樣，上傳到 FACEBOOK 寫著——

「在這豔陽高照的日子裡，明明早上還安然無恙，下午身體卻突然發冷、胸悶、頭暈，看了醫生又說沒發燒，人生就是這樣，大家多保重身體啊。」

並附上一張看起來很累的笑容自拍照。

2010 這年，全世界都流行在 FACEBOOK 上記錄生活大小事；小東滑著前幾天上傳的照片，他和父親在臺東金樽港口釣魚，他想著當時怎麼沒和父親多來幾張自拍，只顧著拍些釣到的石斑魚和港口旁的船，以後一定要記得多拍幾張合照。

或許是心電感應，突然間手機鈴聲響起，是母親的來電，小東怕母親擔心，清了清喉嚨、試著調整分貝，好讓自己的聲音聽起來稍微有點精神。

接起電話後，母親便說：「小東啊，在忙嗎？」

小東說：「剛忙完，正在家裡休息。」

母親說：「跟你說，你爸爸他發燒，我帶他來醫院，現在在打點滴；最近天氣不穩定，你要注意保暖啊。」

小東驚訝地問：「沒事吧？」

母親說：「那天你回去後，他晚上就發燒了，跟他說去看醫生，他耳根子硬，一直說沒事，拖到今天才肯來看，剛剛騎車還晃來晃去，醫生說先留院觀察。」

小東說：「爸爸呢？在休息嗎？」

母親說：「你等等……來！你兒子找你。」

父親的聲音聽起來像是剛睡醒。

父親說：「喂，小東啊，我沒事，發燒打個點滴就好了。」

小東說：「爸，要多休息啊。」

父親說：「沒事，別擔心。」

小東說：「沒事就好。」

或許是關心的詞彙有限，又或者是一直以來和父親之間保有的神祕距離，一時間小東只能反覆地和父親說著類似的句子，但也可能是自己身體不舒服，腦袋不好使。

結束對話之前，父親和小東說：「我知道你忙，事情辦完之後，有空再回來臺東一趟吧，最近新買了一副釣具，陪我去釣魚。」

小東說：「好。」

「爸！要多注意身體喔。」電話掛掉前，小東急忙地說出這句話，像是想挽回剛剛短暫對話裡的不足。

「沒事的，你自己也是啊。」聲音逐漸地遠離話筒，應該是交到了母親的手上，接著按下結束通話的按鍵。

電話掛掉之後，小東看著窗外的藍天，臺北的雲看起來軟塌塌的，像是快融化的過期糖衣，不像自己老家天上的棉花糖雲，一朵一朵地飄在空中。他心想，如果事情提早辦完，就再回家一趟吧。小東把視線移回旅館的房間裡，看著手機上顯示著：11 月 29 日，禮拜一，5 點 49 分。已經快下午 6 點了，手機放在床頭櫃上，倒頭便昏沉地進入夢鄉。

那天，窗外的雲飄得緩慢，像是個沒人注意的一天，忙亂的下班街

　　　　　　　　　　　　　　陪伴，是世上最奢侈的禮物

頭、流竄的車輛，交錯著此起彼落的喇叭聲；閃燈時，快步跑過斑馬線的學生，手裡還拿著放學後買的零嘴。無論是父親還是小東，都沒人知道，剛剛那通電話，是父子間的最後一場對話。

半夜，小東便接到了那通父親出事的電話……

2.

11 月的第 5 個禮拜一半夜，床頭櫃上的鬧鐘顯示著：1 點 32 分。

電話聽筒那一方母親的哭聲，和深夜裡的寂靜成了對比。

3.

不知在醫院門口失神了多久，直到小東口袋裡的電話響起，才停止了這段暫時空白的斷層記憶。是小東的好友玉子打來的，玉子起床看見一早小東傳來的簡訊，嚇得從床上彈了起來，打了好幾通電話都直接轉入語音信箱，好不容易打通了，電話一接上便緊張地直問目前情況。

玉子說：「現在情況還好嗎？我一早打了好幾通電話都打不通。」
小東說：「剛剛有做 X 光檢查，目前還是昏迷中，正在加護病房觀察。」
玉子說：「你媽呢？她還好嗎？」
小東說：「整個大崩潰，她現在先回去換洗，等等會再過來。」
玉子說：「有什麼需要幫忙就跟我說，我今天去公司看看可不可以換班，下去找你。」
小東說：「沒關係啦，有事我再跟妳說。」

跟小東認識快 10 年的玉子，不用問也知道，小東現在最需要的就是她陪他度過這難關，就算沒幫上什麼忙，只是出現在他身邊，或許也就足夠了；小東也知道，依玉子的個性，就算班沒換成，估計也是馬上直奔松山機場，搭最近的一班飛機過來，這大概就是他們之間不用說出口的友誼默契。

其實小東猶豫著要不要讓玉子來，是因為在他心裡對玉子一直有份愧疚感。

5 年前的某天，玉子的父親清晨出門運動，卻在社區的中庭被人發現昏迷倒地，緊急送往醫院急救後，醫生說是天氣寒冷，突然間的劇烈運動造成了心肌梗塞，在醫院整整昏迷了 3 天。小東知道消息後，第一個趕到醫院，遠遠地就看見玉子獨自站在大門口，兩個人什麼話都沒說，一見到對方便抱在一起；個性堅強如鐵的玉子第一次在他面前放聲大哭，小東也跟著流下眼淚。那一年，他們 16 歲，世界在那一刻停下了腳步，夜空中的月光凝固了時間，將兩人的回憶包裝成冊，寄向未知的遠方。

3 天後，玉子的父親宣告不治，離開了人世，那天起，小東便沒再見過玉子掉眼淚。頭七前一天，玉子傳了封訊息給小東，希望明天他也能到場陪她；但頭七那天，小東並沒有出現，可能是自己也太過於傷心，不知該如何面對這樣的事情，或許是害怕，或許是逃避，到現在小東依舊說不清當時為何沒出現。

4.

曾經聽人說過，有時候，最真誠的祈願並不是在寺廟、教堂裡，更不是在生日蛋糕前，大部分都發生在醫院的長廊上。小東坐在醫院的椅子上，看著其他憂心的家屬在孩子的病床邊來回踱步；母親雙

手緊握，求天求地求醫生；每個在加護病房外等待的人，臉上、手上、心上全都刻下了願望，只盼厚重鐵門裡的至親能早日康復。

小東沉浸在替別人編織的故事裡，直到母親叫了他一聲，他才回過了神。剛回到醫院的母親問小東有沒有新的報告，小東只是搖了搖頭說：「護理師剛來過，說等等有探訪時間，正好妳到了，我去問一下。」

「周宇的家屬在嗎？」話才說完，護理師就從護理站走出，一手拿著資料夾探頭尋找。
小東和母親快步走向護理師，護理師以專業飛快的速度確認了家屬資料，翻了手上的病例報告，告訴小東和母親，父親在 10 分鐘前有些微的意識反應，但目前都還在觀察中，稍等會安排他們進去探訪，或許試著再和父親多說說話。

「所以是醒來了嗎？」母親夾雜著激動卻又難過的情緒再問一遍。
「目前是有一些意識，不過還沒完全醒來，我們建議不要太激動，或許可以給病人一些鼓勵加油的話。」護理師熟練地說出這一串話。

5 分鐘後，加護病房的鐵門緩慢地向右側滑動，換上隔離衣的小東和母親走了進去，可能是氣氛凝重的關係，還是密閉空間的限制，

小東明顯地感受到裡頭的空調溫度比外面低了幾度；安靜的加護病房只剩下偵測心跳的機器聲響，小東小心翼翼地走向父親的病床前，仔細地看著雙眼緊閉的父親，一頭凌亂的白髮和黑白交錯的鬍渣，像是一個累了好久好久的人沉沉睡去，忘了該如何醒來。

小東伸出雙手輕輕握住父親的手，肌膚觸碰的那一刻，小東緊張地顫抖，他幾乎想不起來上一次這樣握住父親的手是什麼時候了，一時之間，所有的不安和對自己的悔恨全都湧上大腦，他壓抑著所有情緒，溫柔地摸著父親的手。

「爸，我是小東啊，你不要擔心，我們都在這裡，我知道你聽得見我的聲音，記得跟著我的聲音走。爸，我們都在這裡等你，你自己要加油，要快點醒來，我們說好了還要一起去釣魚啊……爸……我愛你。」

小東的眼淚在眼眶裡猛烈地打轉，一旁的母親隔著口罩搗著嘴，早已淚流滿面；從淚眼朦朧的模糊視角中，小東好像看見父親的眼角滲出了一滴淚水，順著憔悴的臉龐劃過了時間留下的痕跡，重重地落在父子彼此的心上。

小東握著父親的手，閉上自己的雙眼，和所有人們相信的宇宙萬物請求，願將自己的生命分給父親，希望父親能早日醒來，無論要用

多少年來換，他都願意。

願望沿著醫院的長廊來到了白色牆邊，穿過了窗邊的縫隙滑出，劃過了一旁的樹梢；涼風吹落的葉子還在空中飛翔，像是願望的翅膀正在尋找希望。那天，高掛在天上的不再是一朵又一朵的棉花糖雲，而是小東一字又一句的真心。

陪伴，是世上最奢侈的禮物

最好的感覺是，你懂他的欲言又止，而他懂你的言不由衷。

有時候，哭並不代表軟弱，
有些人的眼淚，是因為堅強了太久。

致　我最勇敢的母親

沙漏裡的青春

你要乖乖、快樂地長大，記得找一件自己喜歡的事，
最重要的是要去做，知道嗎？

Chapter 3.

1.

時間在所有極端的情緒裡，都會打破原本熟悉的流動速度。在快樂的空間裡，時間用加速的方式前進，每個人像是貪玩的孩子，渴望著時間能再多一些；在悲傷的世界裡，時間像是走在沙漠裡的巨人，每一步都深陷沙土之中，像是沒有盡頭地緩慢前行。

對小東來說，此刻的自己就像是困在沙漠裡的時間，一切化作悲傷，失去了前進的方式。

已經分不清是第幾天，這樣坐在醫院長廊上的椅子等待著，父親依舊躺在加護病房裡，每不到 3 分鐘，小東便反覆按下手機的首頁鍵，螢幕上顯示著今天的日期：12 月 2 日，禮拜四。這是父親昏迷的第 3 天。

小東滑著手機裡的相簿，照片大都是生活裡路過的風景照，連試著找到父親照片的機會都沒有，只有上禮拜釣魚時，不經意拍到的幾張照片。他用兩隻手指斜著將圖片放大，看著父親專注釣魚的模樣，小東想起曾經和父親相處的每一刻時光，雖然僅存片段的記憶。

國二下學期，有次父親載著剛放學的他，那天是段考，他坐在摩托車的後座，抱著父親的腰間，自知成績不是很理想，於是望著路上

發呆。沿途路過的樹被夏日的風輕拍著，橘黃色的夕陽穿過縫隙間，眼睛被閃過的光線刺著；一路上，父親一如往常地沒有多說話，快到家時，他突然打破沉默，對著背後的小東說：「小東啊，你的夢想是什麼？」

小東看著天上飛機劃出的筆直白線，揉揉眼睛說：「不知道。」

父親停好車後，轉身向他說：「沒有考好沒關係，你要乖乖、快樂地長大，記得找一件自己喜歡的事，最重要的是要去做，知道嗎？」

那時候的小東不知道，父親的每一句話就像是生命裡的儲備力量，埋入了自己的心臟，築起了一間房。
等待他有天困惑的時候打開它，和那天天空上的飛機一樣，明確地飛去自己想去的遠方。

2.

「爸，我的夢想是能和你一起健康快樂地活著，去釣魚、去旅行，去好多好多地方。」
坐在醫院椅子上的小東，彷彿重回那天放學後的摩托車後方，回答了當時父親問的夢想。

這時小東才發現自己一路走得太快，忘了留點時間給現在，停下腳步後才明白，過去的時光像是被裝進透明玻璃罐裡的一張紙，丟向大海，等著有天被回憶撈起，救贖忘了時間的自己。

只是在這片汪洋裡，能救贖小東的卻少之又少。

3.

和父親之間的回憶僅存不多，能想起的都是高中之前的畫面，高中畢業之後便隻身到臺北工作，說是要為自己的夢想打拚，但只是想逃離故鄉和父親，到一個遠一點的地方，重新拼接自己對未來的想像，那裡沒有人認識他，沒有人用既定的方式定義自己。

高中第一年，小東因為不喜歡唸書，常常放學後和朋友在外面閒晃到半夜才回家；第二年，父親打算把他送去軍校管教，不願意的他開始和父親起了爭執。某天半夜他從衣櫃裡隨便拿了幾件衣服，摸著黑地從房間窗戶爬到大門前的走廊試圖翹家；背著學校用的背包，裡面裝著幾件制服，踩著一台變速腳踏車，他飛奔到市區的朋友家，這是他第一次翹家。

半年前，小東在校外認識了一群從外地來臺東工作的朋友，潔兒是專門搞街舞的舞者，羅姐和阿塔是沿著花東線一路賣盜版唱片過活的情侶，還有一個是在和平街開「說時衣舊」服飾店的小魚，小東也是在這間店認識他們的。

和平公寓的套房裡，只有兩張雙人床再加上一條沿著牆邊通行的空間。羅姐和阿塔睡在靠門口的這張床，潔兒和小魚兩人窩在靠窗的那張床，並肩玩著手機；房間走道上方掛著一顆微弱的黃色燈泡，天花板正中央裝著一盞外露的日光燈管，銳利的光線毫無保留地穿

透這空間的每一處。小魚起身從櫃子裡丟了一條棉被和枕頭給小東，小東將背包放在牆邊，勉強在走道上打了個地鋪；躺在地鋪上的他，數著天花板上凹凸不平的舊式壁紙線條，鼻子漸漸適應了棉被淡淡的潮溼霉味。不知何時，小東睡著了，夢裡的他以為自己做了一個夢；他夢見自己回了家，在門口和父親爭吵，兩人隔空嘶吼，沒有人願意退讓，他的難過和憤怒幾乎快逼出自己的眼淚；而後大門緩緩閉上，他從縫隙間的紗網看見父親正若無其事地泡茶，自己卻像個透明人似地穿過大門，滑到了客廳，父親看著牆上的時鐘，嘴角揚起笑意地起身，準備去接放學的他。

好久沒看見父親的笑容，小東在父親身旁開始哭泣，身體因哽咽而抖動；他想著，曾經支持自己的父親為何突然變了，父親聽懂他想說的嗎？站在父親面前的他越哭越用力，但是父親看不見他，拿了鑰匙後便轉身出門。

潔兒搖了搖小東，他趕緊用手擦了一下眼角的淚，卻發現枕頭已被淚水浸濕了一塊。潔兒指著牆上的時鐘說道：「再不起床就來不及上學了。」

下一刻，小東才真正被枕頭旁的鬧鐘叫醒，起身一看，潔兒他們還躺在床上睡覺。牆上的時鐘指著 6 點 20 分，眼角的淚水還保留著餘

溫，枕頭上有一小塊水痕；父親轉身出門的畫面再度浮現，像是上一秒才經歷的真實感受，小東窩進棉被裡、把臉埋在枕頭上，難過的情緒在這一瞬間被打開了開關。離開家的第一個早晨，他躲在和平公寓裡哭了好久、好久。

4.

離家出走的時光過得飛快，1個月很快就過去。小東每天放學後，先是騎著腳踏車到和平街的服飾店「說時衣舊」；這裡和小東所認知的世界不同，無論是印在衣服上的刺青圖騰、掛在牆上的那張70年代龐克搖滾海報，還是插在櫃台上的那支彩虹旗。小東走進更衣室裡脫下學校制服，褪去了白天裡學生的身分，戴上了夜晚時在社會努力生活的面具；無論是潔兒、小魚、羅姐或阿塔，他們的身分和工作雖然不符合一般人的期待，不過他們就是一群努力活在社會邊緣的孩子。小東在這裡第一次感受到真正的自由，因為在這個空間裡，沒有人在意你的夢想是大是小、你的性別、你愛的是誰，你可以就是你，快樂可以很自然地發生。

走出更衣室，小東聽見小魚正急忙地掛上電話，原來羅姐和阿塔的唱片攤被抄了，她要先去警察局一趟，請小東先幫忙顧店，正在練舞的潔兒一會兒就會從體育館趕回來。小魚將店裡的鑰匙一把抓給了小東，便拿起包包匆忙地出門，留下小東獨自站在店裡，背景音

樂正播放著 Elton John 的 <Your Song>，櫃台上的彩虹旗因為關門吹起的風，微微地飄動。

英文歌詞唱著，
And you can tell everybody this is your song
It may be quite simple but now that it's done
I hope you don't mind, I hope you don't mind that I put down in words
How wonderful life is while you're in the world

不知過了多久，潔兒趕回來時，店裡正好有一組客人，她看小東招呼得挺得心應手，點了點頭便走進櫃台。客人晃了一圈後表示自己先回去想想再決定，小東說：「沒問題，歡迎再過來。」

他轉身和站在櫃台的潔兒翻了個白眼，潔兒嘴角微微地上揚。

小東說：「剛那客人進來翻了好久，心不在焉的，根本沒有要買。」
潔兒說：「常常這樣，客人走進來發現店裡跟自己想像的不太一樣，翻了一圈之後說自己再想想。」
潔兒看著窗外說：「哦……不過，剛剛那組客人好像又回來了。」

小東轉身看向外頭，上一秒剛離開的客人，身旁多了一個快步跟上

陪伴，是世上最奢侈的禮物

的身影，步伐緊張又飛快，髮型看起來有點熟悉，仔細一看，竟然是自己的母親。小東回頭瞪大眼睛對著潔兒說：「是我媽！」話說完，他就用最快的速度衝進後方的更衣室，將自己反鎖在裡頭。他站在門後不敢出聲，頭微微地低下，肩膀也拱著，緊張地連呼吸都差點忘記；他聽見走進店裡的腳步聲，女客人喊著：「我剛剛看見他在裡面。」

父親因為工作的關係，在臺東認識許多人，剛剛那組客人一定是父親的朋友，小東躲在門後想著。

一個熟悉的聲音突然出現：「小東啊，你在哪裡？」
母親著急地喊著。
潔兒走出了櫃台，和小東的母親打了聲招呼，她說小東剛離開。

父親的朋友語氣突然激動，音調大幅上揚、一臉不悅地對著潔兒說：「不可能，他剛剛就在這裡，他是不是躲在裡面？」

母親不管潔兒他們的對話，走到櫃台拚命探頭看了幾次，不斷地喊著：「小東，出來吧，你爸沒有生氣了。」最後她走到更衣室前，試著將門打開，卻發現上了鎖，她激動地敲門，並對著門後說：「小東？小東啊，我知道你在裡面，你快回家，好嗎？你爸他沒有生氣

了，你這樣子，媽媽很擔心你。」

小東看著門縫下母親來回踱步的影子，心臟幾乎快跳了出來，腦海裡閃過無數種開門後可能發生的事；他甚至想過將門打開，和母親下跪說對不起，或許回家後，父親真的不再生氣，從此過著快樂幸福的日子。但他不敢，因為他不知道離開了這個地方，自己的世界將會變得怎樣。

小東輕輕地靠在牆上，沿著牆角緩緩地滑下，直到屁股著地，眼淚也跟著重力落下，他聽到母親拖著失望的腳步聲，走出了門外。

那天，小東不知道在更衣室裡待了多久，青春就像是被灌入沙漏裡的時間，無法控制地沿著縫隙灑下，直到掩埋了全身上下，流向徬徨⋯⋯

鍋貼店

有句話一直深刻地印在我的心上:「關於成長,最重要的不是贏過多少,而是你幫助過了多少。」

小時候我住在臺東,在我國小三年級左右,曾有一段時間,放學後家裡總是沒有人,當時身上沒有鑰匙也沒有錢;當街坊鄰居的窗戶開始飄出做飯的味道,肚子就會開始變得非常的餓。有一次我帶著妹妹跑去住家附近一間賣鍋貼的攤販外頭閒晃,正在煎鍋貼的老闆,脖子上掛著一條用來擦汗的白色毛巾,認真的神情看起來很兇,我和妹妹兩人不敢直視,只好假裝在等人的樣子,但時不時地轉頭偷看老闆和檯面上看起來有點焦焦脆脆的鍋貼,口腔裡分泌的口水早已吞了好幾次。

大概是我們的演技太差,老闆突然叫了我們兩個一聲:「喂,小朋友,要不要進來坐著等啊。」

我們兩個點了點頭,走進店裡,其實嚴格來說也不算是個店,就是一塊搭著鐵皮的空間,外頭擺了一組煎鍋貼的廚具,裡頭擺了幾張

摺疊式的長方形桌和圓形鐵椅。我們兩人坐在最靠近出入口的位置，瞪大雙眼看著老闆忙裡忙外地送著一盤又一盤的鍋貼和玉米濃湯；大概是玉米濃湯的香味剪斷了我的理智線，等到老闆回到煎台時，我默默走到旁邊，用我此生最無辜的眼神看著他說：「叔叔，我們可以點一份鍋貼跟玉米濃湯嗎？等我爸爸回來之後再過來付錢。我們住在附近。」

其實我真的不知道我哪來的勇氣說出這番話，只能說肚子餓的時候，我真的比誰都勇敢。

原本看似嚴肅的老闆，二話不說地答應。我發誓，有那麼一刻我看見他的身後散發出一團佛系的光環。隨後，老闆端上了兩份鍋貼和兩碗玉米濃湯，他用毛巾擦了擦臉上的汗，順便關心了一下我們的狀況。

這樣的生活維持了一段時間，每當老闆看到我和妹妹出現時，總是習慣性地問我們吃過飯了沒，臉上原本嚴肅的表情全變成了溫暖的笑容。

後來，鍋貼店在我五年級的時候搬家了，我們也在隔年搬離了那個地方，這件事情也就隨著時間被我淡忘；與其說淡忘，不如說是安

放在記憶較深處的地方，暫時還沒想起來而已。一直到我高中那年，來到臺北唸書，某天和老爸通電話時，掛掉前他說：「對了，鍋貼店的叔叔跟你問好。」一瞬間，所有被深埋的畫面全都湧上了心頭，我爸說，他們後來的生意越來越好，前幾年，在市區附近開了一間餐廳，老闆和他說，等我放假回去，要記得去店裡吃飯。

可能是獨自在臺北生活久了，有點想家，掛完電話後，眼淚竟不聽使喚地流了下來。

在生命中，我們會遇上許多人，無論好壞，終將成為回憶中重要的一部分；也因為如此，每件事情的經歷造就我們成為所謂的「過來人」。願我們都能將曾被幫助過的那份溫柔，傳遞給正在成長的人們。或許，在你我的心中，都有著一間店，在你最需要幫助的時候，伸出了雙手；如果沒有，就讓我們成為那樣子的人吧。

我相信，終有一天，會有這樣一個人在黑暗中，因為你的分享而勇敢地長大。

在我心裡最空曠的位置，放著一本日記，
深夜時，當潦草字跡無聲地懸浮在夜空裡，
你的聲音，讓我不再害怕遺失勇氣。

陪伴，是世上最奢侈的禮物

告別，是一段需要不斷練習的課題，
那時候的「再見」也只是「明天見」而已。
願我們都能在告別前，好好珍惜在一起的時光。

僅獻給曾迷茫過的青春。

和平公寓

原來生命中有許多人說了再見之後，便是一場最深遠的告別，
只是那時候的我們還不懂，這一次見面，就是最後一次了。

Chapter 4.

1.

小東放學之後，除了混在小魚的服飾店幫忙，等到大家收工，再聚在一起揮霍青春之外，到了週末，小東還會跑到服飾店巷口的一間碳烤店打工賺取生活費。

大家都稱碳烤店老闆為阿叔，每天接近午夜打烊時，阿叔就會把今天沒賣完的米血、黑輪、雞排炸過再烤，給還在附近遊蕩的孩子填飽肚子。阿叔和小東說：「兩年前太太外遇離婚，其實結婚的這20年來，我們一直沒有孩子，醫院檢查出是我的基因問題，所以我也不想繼續耽誤她；現在的我每天除了開店上班、唸經修佛，什麼都沒了，有的就這麼一個破攤子。這些在外漂流的孩子就像是自己的孩子一樣，希望他們在尋找出口的過程中，還有這麼一個破地方，給他們些溫暖，想起自己有天總是要回家。」

小東知道父親和阿叔也算有點熟識，不知道這番話是不是想暗示他「阿叔知道你翹家的事」？小東聽完只是點點頭，收拾著攤上用過的盤子，然後輕輕地嘆了口氣。

阿叔叫住正在收拾桌面的小東、拍了拍椅子，兩人坐在攤販前望著閃黃燈的十字路口，阿叔和小東說了個故事，這故事到現在依舊在他心上。

　　　　　　　　　　　　陪伴，是世上最奢侈的禮物

從前有個年輕的和尚，跟著老師父翻山越嶺地回寺廟，途中經過一處河流，水流湍急，一位想過河的女士著急地站在前方，不知怎麼過去，師父知道女士要過河，便自願背著女士溯溪到對岸。之後師徒二人繼續趕路，翻了一個山又過了一個嶺，年輕的和尚再也按捺不住心中的疑問，質問走在前方的師父：「師父，您平常不是教導我們不能近女色，為何您剛剛背著那位女士過河呢？」

師父說：「我在過了河的那刻，已經把那位女士給放下了，為何你還放在心上。」

那天小東望著閃黃燈的十字路口，深深地點了點頭。

阿叔說：「有天，我們都會想要回家的。」

2.

碳烤店下班的時間總是精準地落在午夜之後，小東將水槽裡最後一碟洗完的盤子瀝乾收起，阿叔走到小東身邊，拍了拍他的肩說：「剩下的我來就好，早點回家吧！」

小東雙手擦了擦褲子的兩側，不確定阿叔和自己說的「早點回家」

是不是一種暗示，阿叔沒再說話，笑笑地把最後的工作收尾。

離開碳烤攤後，小東轉進了和平街，兩旁的店家早已拉下鐵門，微弱的街燈照在黑夜中，像是把街道抽了色；街燈混合著夜空中的月光，小東的影子被拉得忽近忽遠，青春像是進入了一場漫長的黑夜。小東緩慢地踱步在和平街上，他聽著自己沉重的腳步聲，想起幾天前躲在更衣室的畫面，耳朵似乎還聽見母親反覆叫著自己的名字。不知為何，小東腦裡閃過了小時候和母親相處的畫面；那時候，母親抱著他笑得好開心，一陣愧疚感湧上小東的眼眶，他低下頭，直到淚水掉入最黑的夜裡。

3.
深夜裡的街道，任何一點風吹草動都能輕易地被察覺，小東聽見了後方的腳步聲，以及背包上鈴鈴作響的掛飾，他趕緊將臉頰上的淚痕抹去，剛練完舞的潔兒從後方笑著說：「這麼晚了，怎麼還不回家，有心事喔？」

潔兒的聲音渾厚卻不失清亮，說話的方式豪邁又不失溫柔，像是夜空中的銀河，劃過了寂靜的深夜，安靜地散發著力量，對小東來說，她就像是自己的姐姐一樣。

　　　　　　　　　　　　　　陪伴，是世上最奢侈的禮物

小東擠出了嘴角上揚的弧度，轉過身和潔兒打了招呼，月光下，小東的笑容像是被染上淡淡的哀傷，潔兒沒有說話，一手用力地勾著小東的肩，她說：「走，陪我去散步。」

被強行拖著走的小東說：「妳剛練完舞，不累啊。」

潔兒說：「做自己喜歡的事不叫累，有時候，為了活著，反而比較累。」

小東忍不住笑了出來說：「潔兒法師，善哉，善哉。」

潔兒咬著牙說：「你這小子。」

接著一陣扭打，兩人在街上笑成一團，月光輕輕地搖晃著影子，把和平街的深夜曬成了電影畫面。

他們兩人走過了幾條街，小東只顧著說今天打工的瑣事，潔兒在一旁安靜地聽。一個像是怕尷尬般不停地說，一個默默等著對方自己說；就這樣走著走著，最後繞回了和平街的「說時衣舊」，潔兒停了下來，小東也跟著停下了腳步，他知道自己終究要面對心中的煩惱，正準備開口時，潔兒搶先了一步，這也是小東第一次聽見有關她們的故事。

潔兒說：「兩年前，因為家裡反對我和小魚的戀情，大吵一架後，我便被趕出了家門；小魚的家人也是，她的父親因為無法接受我們在一起，和她斷了父女關係。那一天，我們兩個坐了最後一班夜車

到臺東，這裡沒有人認識我們，或許我們還有機會，擁有屬於我們自己的生活。」

潔兒的眼淚緩緩地順著臉龐滑下，在月光下顯得乾淨卻又哀傷，那是小東第一次這麼清楚地看著潔兒的臉龐，嘴角上越深的笑痕，似乎也藏著最深的故事。
小東看著潔兒沒有說話，他知道潔兒和小魚的關係，在他眼裡，她們兩個是他見過最幸福的愛情。

潔兒接著說：「你啊，還年輕，早點回家吧！你爸媽都很擔心你，先把現階段最重要的事情做好，趁還有時間和他們相處時，把你心裡想說的事，找到一個方式好好說；他們也在學習，但我相信，他們一定都很愛你的。」

小東的眼淚不爭氣地又掉了出來，但那感覺並不是哀傷，反倒像是在黑夜裡看見一道光，溫暖地打在自己身上。潔兒輕輕地抱住小東，笑著說：「哎唷，我怎麼也哭了呢……」站在月光下，兩人又哭又笑地擁抱著彼此，像是一場漫長的青春電影。

「再見，要好好地活著喔。」潔兒深深地和小東道了別。
小東回過頭，在月光下給了潔兒最長的一道微笑。

陪伴，是世上最奢侈的禮物

故事在這開始，也在這結束。

隔天，小東回到了原本的生活，像是什麼事都沒發生過一樣，和父母親討論過後，他們鼓勵他，週末依舊可以到和平街巷口的碳烤店打工。幾個月很快地就過去，「說時衣舊」好幾個禮拜沒開門營業，阿叔說，已經有一段時間沒有看到小魚和潔兒她們了；聽說自從羅姐和阿塔被抓之後，兩人就搬去了高雄，或許小魚和潔兒也跟著搬過去了吧。

什麼啊，什麼都沒說就走了，這樣怎麼聯絡啊。

小東望著漸入深夜的和平街，心裡留下了許多疑問。

4.

時間過得飛快，一晃眼，小東已經準備進入高中的最後一個暑假。一年的時間看似很短，卻足以改變許多我們習以為常的事；和平街上的「說時衣舊」早已換了店家，新掛上的招牌閃爍著俗豔的霓虹燈泡，上面寫著「夾娃娃」，店裡擠滿剛放學的學生，大家瞪大著雙眼找尋自己喜歡的娃娃樣式，從口袋裡掏出硬幣，屏氣凝神地注視著夾子衝向目標，店裡時而傳來一陣歡呼，時而出現一句咒罵。

時光一去不復返，小東曾在這疆界找到的自由，現在全被禁錮在一個又一個的玻璃窗內。

那年暑假，小東沒事就跑去市區裡的一間冰店，喝著超大杯的西瓜冰沙消暑，感受午後的愜意人生；這天天花板中央的舊式電風扇依舊吱吱作響，小東的眼皮跳了幾下，像是被電風扇的聲響干擾，牆上的電視正播著一則插播新聞。

「今天早上，一位村民在台東大武山上發現了兩名女子的屍體，兩人緊緊相擁，四肢僵硬，研判已死亡多日。到場的警方在死者懷裡找到一支彩虹旗子，疑似死者生前在旗子上寫下了最後的遺書。

『或許這世界不適合我們，因為光是要活著，就得花上好大好大的勇

氣，謝謝曾出現在我們生命中的你們，我們終於要回家了。

魚·潔。』」

電視裡打上了遺書的內容，接下來的新聞內容說了什麼，小東幾乎已經聽不見；電風扇旋轉時吱吱作響的聲音漸大，小東害怕地拿起桌上的遙控器想將音量調大，新聞畫面停在彩虹旗子上，接著主播說：「詳細的死亡原因，還有待警方進一步的調查。」

隨即電視切換成夏天水上樂園的廣告，畫面裡，一群年輕男女在烈陽下開心地踩著池子裡的水，踐踏出的水花被陽光照得青春飛揚，世界彷彿一分為二，有些人就這樣活在邊緣……

小東離開了冰店，在豔陽高照的臺東下，快速地踩著腳踏車，下意識飛奔到和平街上的和平公寓；他站在深鎖的大門前，只是發著呆，因為他心裡不知該何去何從。

1年前小東在和平街的疑惑似乎有了答案，而那個曾在黑夜中照亮他的人，卻忘了照亮自己。

這件事放在小東心上好多年，他一滴淚都沒掉過。他曾經在紐西蘭

　　　　　　　　　　　　　　陪伴，是世上最奢侈的禮物

旅行的途中，走進一間咖啡廳，看見一對情侶正互相凝視著對方，臉上充滿甜蜜的神情，兩個女生溫柔地笑著，店裡的背景音樂正播放著——

And you can tell everybody this is your song

你可以告訴每一個人，這是你的歌

It may be quite simple but now that it's done

它也許很簡單，但終究已經完成

I hope you don't mind

希望你不會介意

I hope you don't mind that I put down in words

不介意我所寫下的歌詞

How wonderful life is while you're in the world

世上有了你，人生多美好

小東聽懂了英文歌詞，忽然間，潸然淚下，朋友問他怎麼了，他邊哭邊笑著說：「沒事，聽到這首歌，看著她們勇敢的模樣，覺得好感動。」

原來生命中有許多人說了再見之後，便是一場最深遠的告別，只是那時候的我們還不懂，這一次見面，就是最後一次了。

5.

這幾天出神無數次的小東決定打起精神，於是起了身和母親說自己
要去外面找點東西吃，問她想吃些什麼，母親搖了搖頭說自己不餓，
讓他先去吃。

小東走出醫院大門後，看了一下手機螢幕上的時間，已經下午 5 點
半，碳烤店的阿叔已經開始擺攤了吧，順道繞過去看看他，這個曾
經在他生命中扮演著心靈導師的阿叔，不知道現在過得如何。

臺東市區的街道變得比自己印象中的更加熱鬧，潮流服飾店一間一
間地開，獨樹一格的咖啡廳錯落在巷弄間，或許正值下班時段，路
上的車比想像中的還要多，小東轉過了一個巷子、又穿過了一個弄，
不偏不倚地接到了和平街的巷尾。

在他路過和平公寓的門口時，一樓大門旁的郵箱貼滿紅色的出租紙
條；幾個剛放學的學生坐在摩托車上嬉鬧聊天，小東的年少輕狂早
已不復存在，這個曾收納著自己青春的地方，像是被回憶沖洗成一
張舊相片，斑駁脫落地剪貼在這條街上。

嘿，小魚、潔兒，妳們兩個，在天上過得還開心吧，我會替妳們的
那一份也勇敢地活下去。

陪伴，是世上最奢侈的禮物

6.

熟悉的和平街巷口，紅綠燈規律地替換閃爍，碳烤店的阿叔正從冰箱裡拿出今早醃製好的雞排，準備一片接一片地均勻裹粉、下鍋油炸，小東悄悄地走到了攤販旁，想給阿叔一個驚喜。

「老闆，我要一份烤雞排。」小東故意壓低聲音，大聲地喊著。

阿叔抬頭一看見小東，開心地放下手上的工作說：「唉唷，回來了啊。」

新來的打工學生正從後面的倉庫將盤子端出，笨拙地擺在桌上，阿叔跟打工的同學介紹著小東：「這位可是你的老學長呢。」

小東尷尬地和年輕同學微笑點頭，他對阿叔說：「真的耶，多久了啊？」
阿叔說：「你高二的時候開始在這打工，你現在幾歲？」
小東說：「24 歲。」
小東又接著說：「這樣算下來有 7 年了啊。」
突然驚覺時間走得如此地快，人總是在一瞬間，才意識到自己已經走了那麼遠了。

阿叔問了小東的近況，小東和阿叔說了父親生病的事，今天是昏迷的第 3 天，目前還在醫院觀察中，阿叔看著小東擔憂的神情，拍了拍小東的肩說：「小東，你現在懂事了，加油！等方便的時候，阿叔過去探望你父親，你有什麼問題，儘管來找阿叔，知道嗎？」
小東點了點頭，阿叔拍拍他的肩膀，這個在人生不同階段給予的鼓舞動作，讓小東感到熟悉。

像是為了緩和這即將過度感性的氣氛，小東問阿叔還記不記得自己高中時的荒唐事跡，阿叔像是開啟了講古模式，開始說著小東當年翹家、成天唉聲嘆氣的傻樣，一旁正在替雞排裹粉的同學聽得入迷，小東開始後悔自己開啟這個話題，尷尬地對一旁的同學笑了笑。

原本還嘻嘻哈哈的阿叔講著講著，像是突然想起什麼被遺忘的回憶，語調一轉，身子向小東靠近了些；阿叔告訴小東，一開始他來應徵的時候，阿叔並沒有打算再雇人，是隔天早上，在路上碰到了小東的父親，父親告訴他小東翹家的事情，希望阿叔能幫父親多留意小東在外面的狀況。阿叔才告訴父親，小東有來應徵的事，父親便拜託阿叔讓小東去他店裡打工，阿叔也一口答應。

小東聽著這被藏了 7 年的祕密，回憶像是被重新剪貼似的，他深深地吸了一口氣。

陪伴，是世上最奢侈的禮物

阿叔嘆了口氣又說：「唉，你不知道，你在這打工的時候啊，你父親都躲在對面的巷子偷看呢。」

小東知道父親愛面子的個性，只是他不知道的是，原來，父親口裡不曾說出口的愛，都藏在了某處，靜靜地凝望著小東的方向，默默地守護著。

一時間過多的思緒混亂，印象中的回憶全都亂了排序，小東一刀一刀地重新拼貼著。這時，口袋裡的手機響了起來，螢幕顯示著母親的來電。

小東接起了電話，母親在另一頭激動地說著：「小東，小東，你快回來，你爸醒了……」

18/07/2000

我見過最美的靈魂

我曾在黑暗的角落裡看過一道光，有位朋友，是我在世上見過最美的人。

小谷，是我國小和國中同學，國二那年，某天下課他和我說，之後他再也不會來學校上課了，因為他得回家照顧生病的母親。

那時候我們還小，懵懂的青春還來不及反應，小谷就消失在單純的校園裡。

國中的時候，我被分配到大家說的後段班，並不是我們班上所有同學的成績都很差，只是平均下來，我們在該年級，成績屬於較後面的一群；不過，大部分和我從小玩在一起的鄰居朋友，也都被分到這一班，所以對我來說，能在這一班就讀，是一件很快樂的事。

我們幾個要好的同學，是老師眼中最調皮的學生，除了功課不好，那時候我們放學會一起跑去體育館跳街舞、一起去穿耳洞、一起打扮得漂漂亮亮，在老師和同學的眼裡，我們是一群異類，甚至是沒

有未來的孩子。

小谷是我們裡面最愛漂亮的一位，再來就是我。從小他就知道，自己的靈魂裝錯了身體，他最喜歡的歌手是阿妹，每當我們在朋友家聽阿妹的歌，小谷就會穿上漂亮的裙裝，踏著高跟鞋，身體向下一蹲，以完美的 M 字腿揭開序幕；他舞動著全身，像是黑暗裡的一道光，把青春照得光芒四射。

單親家庭的小谷，有個大他兩歲的哥哥，母親後來改嫁，家裡多了一位繼父；繼父的工作是撿資源回收，收入不是很穩定，大部分的收入全都拿去買醉，回家後一不高興就是對兄弟倆一陣拳打腳踢。小谷和我說，因為他繼父討厭他和哥哥個性陰柔，不像男生。國一那年，小谷的母親生了一場大病，全身癱瘓，每天放學他都得趕回家照顧母親，替她煮飯和洗澡，哥哥國中畢業後，因為受不了繼父家暴，搬去朋友家住，沒再升學的他，到了髮廊打工賺錢；小谷也在國二這年，放棄了學業，開始到處打工賺取微薄的生活費，並且在家照顧母親。

偶爾小谷有空時，我們會相約在校外的朋友租屋處聚會。有次，小谷一走進來，什麼話都沒說，直接倒在朋友的床上，大家紛紛出聲關心，小谷說出自己這段時間的一些遭遇，關於他性向和穿著打扮

如何被人議論；還有最近他喜歡上一個不可能會喜歡自己的男生，心情大大地遭受打擊。我打開朋友家的音響，放了阿妹當時的新歌《真實》，小谷邊聽邊哭著說：「我真的好愛阿妹，她真的是我一路上的支柱。」

大家一陣哄笑，因為小谷的反應實在太可愛。

國三畢業後，我到了臺北唸書，小谷來臺北找過我一次。當時我住在親戚家，親戚從樓上看到站在樓下等的小谷，他們不想讓他來家裡住，我在門口跟他們吵了一架；在一樓等我的小谷應該是聽到爭執的聲音，下樓後他告訴我，他會想辦法找地方住一晚，隔天一早他就提前回臺東。後來我幫他找了一個朋友家讓他借住，離開時，我看著他的背影，心底有股說不出的難過。我難過的是，世界對他的誤解。

高二那年，有次我放假回家，小谷在一間麵店工作，他告訴我，他現在做兩份工，白天、晚上都要上班；告訴我地址後，晚上我便決定去探班。小谷晚上是在一間同志酒吧工作，我走進門，看見小谷正在吧檯裡忙著招呼客人，臉上洋溢著笑容，他化了妝，穿著合身的短袖加上一條牛仔熱褲，腳上踩著一雙 8 公分高的露趾高跟鞋，頭髮好像稍微留長了一點；我坐在吧檯邊看著他忙進忙出，心裡邊

想著，好久沒看見小谷了，他現在似乎過得很好，這樣我就放心了。

每次放假回臺東時，我都會固定去探小谷的班，他的頭髮一年比一年還長，服裝也一年比一年精緻。畢業後，我曾搬回臺東一段時間，那時候和小谷相處的時間變多了，偶爾在店裡等他打烊再陪他回家；深夜裡，小谷帶著醉意，從一間被社會排擠在邊緣的店裡回到了自己的房間，他脫掉腳上 8 公分高的鞋子，卸掉臉上別人看不懂的妝，隔天一早，再穿上符合生理性別的服裝，戴上口罩去迎接這社會對他外表既定的認知。那段時間，我看著他早上笑著，晚上也笑著；偶爾他早上笑著，晚上卻哭著。

有次，我問小谷有沒有想過去動手術，他告訴我很想，只是家裡需要錢，兩份工作的錢，大部分都用來照顧家裡。每年他都會和我說，等到有天存到錢，一定要去完成這件事。

大概是 4、5 年前，小谷的母親離世了，他沒跟任何人說，那時候我人在臺北，是看到他 FACEBOOK 上的動態才得知。他似乎很勇敢，他知道對母親來說，離開或許才是真正的解脫。

前年，小谷傳了一張照片給我，她穿著一襲低胸、高開衩禮服，襯托出一對完美的胸型，她開玩笑地說：「怎樣，美嗎？」

　　　　　　　　　　　　　　　陪伴，是世上最奢侈的禮物

我說：「妳最美。」

小谷不改幽默的個性說：「差我的女神阿妹一點。」

如果你問我，見過什麼美麗的事嗎？我說，這位朋友，是我在世上見過最美的人。

我來到了這世界遇見了他們，不枉此生。

那個時候以為咬著牙堅持的人最勇敢，

長大之後才知道，

懂得放下的人，或許才是最強大的。

陪伴，是世上最奢侈的禮物

只要還沒到美好的一天，故事就一定還沒寫完。

總有一天，你們會在人海中微笑地看著彼此，
有個人朝你走來，在這混亂的世界中擁抱你。
你們在人海中起伏著，隨著生命的浪潮起舞，走過各式各樣的路；
只願最後走的那條，路上有你，一個只需眼神就能懂得彼此的你。
我始終是這麼相信著的，願你也是。

周小東

咖啡色的筆記本平躺在父親的腿上，墨跡滲透了紙張，
紙上的潦草字跡寫下了寬容，穿破了時間，
父親像是一座岸邊的灘，救贖了漂流在海上好久好久的小東。

Chapter 5.

1.

在醫院的長廊，空氣裡瀰漫著複雜的情緒，一路交織、蔓延到長廊最底的加護病房外，從未入眠的人們，在座椅上將雙手緊握胸前，嘴裡唸著心愛的人的名字，過去平凡的日常全都成了奢侈的願望。

小東趕到了加護病房前，和母親換上了隔離衣，加護病房的鐵門緩慢地滑向右側，他在心裡默默地說著：「爸，只要你能好起來，我什麼都願意。」

躺在病床上的父親，雙手被綁在床架上，一旁的護理師說，父親剛醒來時非常的激動，把嘴裡的管子扯下來好幾次，他們先暫時性地將手固定住，換上了提供純氧的鼻管。說完後，護理師輕輕地將綁在父親手上的帶子拆下，溫柔地說：「周伯伯，你的老婆和兒子來了，我們現在幫你把手鬆開，我知道很不舒服，管子剛剛已經幫你拆掉了。」
小東走向另外一旁，慢慢地替父親鬆開床架上的綁帶。

幾秒後，父親張開了眼，他激動地看著小東，眼眶盈滿淚水，小東壓抑著心中的激動和難過，輕輕地摸著父親的手，他說：「爸，我回來了，你不要擔心，我們都在。」

父親的眼淚流了下來，下意識地想說話，卻只能發出低沉沙啞的嘶吼聲；鼻子上原本還透明的氧氣罩，被激動的氣息一來一回地蒙上厚厚的一層霧氣。

一旁的母親，眼淚也跟著流了下來，她看著護理師說：「我先生怎麼會這樣，他怎麼說不出話來了？」

護理師說：「伯伯插管了好幾天，聲帶可能有點受損，先不要擔心，我們等醫生過來再做進一步的檢查，先讓伯伯緩和一下情緒。」

小東握著父親的手，看著父親眼裡打轉著害怕與求救的神情，他的喉嚨像是被穿破了一個洞，僵硬地說不出話來，彷彿父親所受到的傷，都一股勁地打在他的心上。

母親走到床邊握著父親的手，眼淚打在兩人的手上，父親持續地發出沙啞的嘶吼聲，母親對著小東說：「你爸爸是不是想說什麼？去找紙跟筆來，先讓他用寫的。」小東把手伸進了隔離衣裡，從後背包抽出了一本咖啡色的筆記本和簽字筆，跳過了幾頁自己無聊亂寫的日記，翻到了空白頁，再遞到父親的手上。父親的手開始左右搖晃地試著拿起筆，好幾次筆都從手裡掉落；直到握穩了筆，力道卻像是失去控制般，手拿著筆在紙上毫無邏輯地來回亂畫。母親和小

東看著一時無法控制右手的父親，都憋著呼吸不敢說話，在病房裡，三個沉默不語的人，都想假裝自己很堅強，毫不害怕。

小東握起了父親的手，試著讓父親慢慢寫，一連寫了 10 幾頁。父親不斷地寫著三個字，小東看了好久還是看不出來，只能不斷地翻開新的一頁讓父親重複地寫；父親越寫越急，像是剛學會拿筆的孩子，努力地想在紙上寫下心裡的話。小東心裡開始猜想，或許父親想和我們說抱歉，叫我們不用擔心，小東邊翻頁邊試著安慰父親說：「爸，不用急，慢慢來，我們都會在這裡陪你。」

當小東準備再翻開新的空白頁時，他看著紙上的潦草字跡，突然激動地叫了一聲：「爸，你第一個字是寫『周』嗎？」
父親也激動地點著頭。
小東看著忽長忽短、上下不齊的筆畫，他沿著字裡行間的軌跡看見了第二個字寫的是「小」，終於他發現原來剛剛父親不斷重複寫著的三個字的第三個字是「東」。

周小東。

突然間，有股強烈的情緒從後腦勺穿過血液流到了心臟，愧疚和自責像似長成了癌細胞在體內快速擴散，小東低著頭抱住父親，他的

陪伴，是世上最奢侈的禮物

臉埋在父親一夜消瘦的胸前，淚水全都化成了對自己的痛恨。
他從來沒想過，父親醒來後想說的第一句話，竟然是叫自己的名字，
而自己一直以來只想逃離這個地方……

咖啡色的筆記本平躺在父親的腿上，墨跡滲透了紙張，紙上的潦草
字跡寫下了寬容，穿破了時間，父親像是一座岸邊的灘，救贖了漂
流在海上好久好久的小東。

2.

人有時候好像就是這樣,遇到天大的事情時,眼淚說什麼都想忍住,誰都不願意輕易地被別人看到自己的悲傷;然而內心深處我們又期待著被理解,最後,那些武裝全都爆發在一句簡單的安慰和一個無聲的擁抱。

走出加護病房的小東,看著手機顯示好幾封未讀的訊息,其中一封是玉子傳來的,玉子問了父親目前的狀況,似乎是等不及小東的回覆,有兩通未接來電是她後來打的。

小東走出醫院大門,回撥給玉子,聽著電話那頭的響鈴聲,看著眼前的畫面,華燈初上,天邊還殘餘著最後一道暗紫漸層的晚霞;人們在街道上來回穿梭,好像什麼事都沒發生過,在這樣簡單又平凡的日子裡,他們從哪來,又要去向何方,小東心裡想著。父親明明醒來了,為何自己還是如此手足無措?一時間,小東的思緒全都散落在街道上。

「喂……喂!」玉子在電話裡叫了好幾聲,直到小東回過神。
小東說:「呃,喂。」
玉子接著說:「目前狀況如何?」
小東有氣無力地說:「目前都還好,我爸醒來了,醫生說會再觀察,

陪伴,是世上最奢侈的禮物

如果沒問題的話，明天應該會轉到普通病房。」

玉子說：「那就好。」

小東說：「嗯。」

玉子扯了一下嗓子說：「喂！周小東！給我打起精神好嗎？」

小東和玉子兩個人，是大家公認的超級好朋友。認識他們的人都知道，雖然他們個性天差地遠，一個瘦弱腿短、一個冷豔高挑，一個優柔寡斷、一個瀟灑了當，一個廢話很多、一個冷面笑匠。當然，小東是前者，玉子是眾人心中的冰山美人，想和她做朋友的人很多，但敢接近她的卻不多；可能因為小東從來都不覺得她有距離感，也可能因為自己廢話太多，這樣互補的關係，導致兩人一唱一和地走到了現在。

似乎是很久沒有聽見玉子唸他的聲音，這幾天滿載的大腦容量瞬間被清出一個區塊，腦海浮現玉子白皙的臉龐，冷冷的外表下竟藏著一顆善良單純的心。小東噗哧笑了出來，隨後說：「哎唷，真希望能馬上逃到妳身邊。」

電話那頭，背景傳來車輛路過的聲音，喇叭聲幾乎和小東耳裡聽見的同步響起；眼前的道路正好有輛車經過，當它一駛離小東的視線

範圍，有個人正站在對街，得意地看著小東，她的臉上浮起深刻又令人難忘的神情。月亮初上，青春的夜空裡，彷彿有人執起了筆刻劃出友誼的輪廓，星星在夜空裡一閃一閃的，就像玉子一樣，自始至終，一直安穩地待在那裡。

空氣裡，一段文字輕飄著，落在玉子和小東之間。

「親愛的朋友啊，請體諒我倔強靈魂裡的愛，因為無論在哪，我都會穿越人潮擁擠，找到你。所以你絕對不要輕言地放棄啊。」

玉子掛上電話，遠遠地就看見小東傻傻地站在大門口，她穿越馬路走到小東面前，兩人看著彼此，玉子將雙手張開，小東的眼眶早已盈滿感動的淚水。兩人在醫院門前緊緊地相擁，沒有多說，卻能完整感受所有對方想說的話；小東將頭埋在玉子的肩上，放聲哭了出來，身體隨著哽咽的聲音顫抖，小東說了一句：「對不起！」玉子沒有說話，她將臉側著靠在小東的肩上。

小東像是無法阻止內心最深處的愧疚般，語帶鼻音、含糊不清地說著：「那個時候我應該要去陪妳的。但是我……我……真的好害怕，我不知道自己要如何面對妳的悲傷。我真的好討厭我自己，在妳最需要我的時候，卻沒有出現，真的對不起……」嗚嗚嗚……，接下來，小東哽咽地幾乎說不出話來。

　　　　　　　　　　　　　陪伴，是世上最奢侈的禮物

玉子流下了眼淚，輕輕地笑著說：「傻瓜，我早就原諒你了。」

幾年前的某個夜裡，月光曾凝固了時間，將他們的回憶包裝成冊，
悄悄地，寄到了這裡。

此時夜空裡，兩人的身影被回憶照得好長，這一年，他們 24 歲，世
界不再停止，溫柔地持續運轉著。

3.

這幾天，玉子陪著小東在醫院來往奔波辦理轉診資料。小東的父親
醒來之後，醫生和他們說，如果報告的結果都沒有問題，即可開始
安排復健治療。但因為父親的血液需要做更詳細的檢查，需要再等
待 1、2 天的時間，小東原本希望帶父親去臺北就診，醫生認為父親
目前的身體狀況不適合長途車程，建議他們可以先以復健為主要目
標，初期的 3 至 6 個月為黃金期，一定要好好地把握。

轉診的前一天，小東騎著摩托車送玉子到臺東火車站，抵達後，玉
子下車，脫下安全帽，一把塞給了小東：「不用進去送我了，你趕
快回去忙。」
小東點了點頭沒說話，玉子隨即轉身走進車站，小東看著玉子的背
影，對著她叫了聲：「喂，玉子。」

玉子沒有回頭，只是繼續往車站裡走。

小東大聲地喊了一句：「謝謝妳。」

玉子沒有停下來，背對著小東把手舉起，在空中揮手道別。小東知道，玉子和他一樣，最討厭說再見了。他收起因為道別而感到的微微鼻酸，發動油門，繼續勇敢地面對未知的明天。

不要辜負了在你難過時，第一個想起的人。

10/04/2005

你好，再也不見的陌生人

從小對廣播就存在許多浪漫的想像。我總覺得，深夜裡，廣播發射出某種頻率，接著，位在不同城市的人紛紛將手邊的收音機調到某個對應的頻道，像是天上的星星一樣，匯集成一道美麗的銀河。

印象最深刻的是電台點歌，同時在空中留下話語；有些是對著遠方的人道出無盡的思念；有些是對著同班的同學，說出那些白天不敢說出口的話。

但每次我都在想，對方呢？他聽見了嗎？還是我們說出某些話，只是為了自己，好讓自己在那些思念的深夜裡，得到一點點的救贖。

去年，我主持了一個網路廣播節目，時段是接近午夜。某天，我在節目結束前，臨時起意想到一個主題；我請大家回頭去想想，在自己的生命當中，是否曾經有想對誰說，可是自始至終都沒說的話。無論是不敢開口的告白、遲來的抱歉，或是想和某個人說聲謝謝都好，我會收集大家的故事，將過去來不及說的話，一封一封地投遞出去。

那天晚上，廣播結束後，我回到自己的房間，想翻翻櫃子裡放著過去回憶的盒子；我在其中一個放照片的盒子裡，翻出了一疊拍立得，上面還用奇異筆寫下了拍攝的日期。照片裡，是一位高中和我曾經非常要好的朋友，姑且就先叫他阿耀吧。

阿耀家境富裕，身高 180 公分的他白白淨淨、身材精實，是個單眼皮、有點鷹鉤鼻的型男，只差不是籃球校隊，不然他真的會是學校的超級風雲人物，雖然他也算是一半了。

阿耀是隔壁班的同學，我們之所以會熟識，是因為他的見義勇為。高一那年，我有一群死黨，其中幾個是我們班的同學、幾個是別班的，阿耀便是其中之一。學生時期，一個團體裡總會有幾個比較出風頭的領頭羊，他們往往都比較受歡迎，是隊伍裡的核心。

每次放學，大夥會相約在公車站牌前，集合後再浩浩蕩蕩地一起去西門町吃東西、去東區閒晃打發時間；總之，那段時間，大家幾乎都是團體行動，尤其是禮拜五放學後的聚會，生活就像是一首永不停歇的熱血青春詩集。

某個禮拜五放學，我按照慣例走到公車站牌前，那天我等了一段時間，遲遲沒看到大家出現，於是我先走回家；回到房間後，我打了

通電話給其中一個和我非常要好的朋友（她是別校的，是當時其中一個同學的女朋友），電話接起後，背景聲有點吵，我問他們在哪，她小聲地和我說，她男友（也是當時隊伍中的核心人物之一）跟大家說今天不要找我，隨後又趕緊說：「明天再打電話跟你說。」電話掛掉前，我聽到捷運即將關門的聲音：嗶嗶嗶嗶。

那天之後，我就再也沒參加過任何一次放學後的聚會。大概過了兩個禮拜，我在學校的走廊遇到正要去福利社的阿耀，他叫了我一聲：「怎麼好久沒看到你出現？」
當下我支支吾吾地不知該怎麼回答，他一把勾住我的肩膀說：「走，陪我去福利社。」

很快地又到了禮拜五，最後一節課之前，我和阿耀在走廊上聊天，他問我晚上有沒有事，一起出去玩，當時我尷尬地說，可是其他人應該不想吧。

阿耀一臉不屑地說：「誰理他們啊，就我們兩個。」

從那天起，我和阿耀突然成了形影不離的好兄弟，除了上課會回到自己的班級以外，大部分時間我們幾乎都混在一起。我們因為家裡住得很近，他也知道我隻身從臺東上來臺北唸書，身上沒什麼錢，

常常邀我去他家吃飯，他的家人也非常照顧我，總是擺滿一桌無敵豐盛的家常菜，每當週末一到，阿耀就會叫我去他家住，兩人一起聽音樂、打電動，禮拜一再一起去上學。

原本一群死黨的同學發現了我和阿耀突然變得要好後，紛紛回過頭想找我一起出去玩。一開始，阿耀不是很喜歡這樣的感覺，所以他很少會答應；後來我們漸漸還是回到了原本的群體，只是阿耀會和我一起共進退。或許是因為我們住得近，可以順路一起回家，但我知道，他只是不希望我再被其他同學欺負。

這樣的日子過了幾乎整個高中，途中阿耀曾和一個很漂亮的學姊交往，分手那天，阿耀在房間抱著我哭，我也跟著一起哭，那是我第一次看到他如此脆弱。

高三下學期那年，阿耀和學姊剛分手幾個月時，我正好和一個女生好友相約去墾丁玩，便找了阿耀一起去散心。也許是旅行的氣氛很好，回程路上，我的好友和阿耀熟識了起來，過了一陣子，兩人便開始交往。放學後，我們三個常常一起吃飯，幾乎什麼話都能對彼此分享；當然，每次他們吵架的時候，兩個人都要找我訴苦，我說什麼都不是，只能點著頭聽對方說完，然後勸合。

有天放學，我和那位女生好友一起走回家，她開始跟我抱怨和阿耀吵架的事。原來阿耀最近和那個漂亮的前女友學姊又開始聯繫，詳細的原因還沒說完，阿耀就打電話過來，女生好友拿起電話給我看：「打來了。」

我沒說話，只能看著她猶豫接不接。兩通未接過後，她最終還是接了電話，兩人開始隔著電話吵架。手機聽筒裡傳來的聲音非常大，大到我可以聽見阿耀帶著怒氣的聲音，兩人似乎又開始吵「為何要跟前女友聯繫」的癥結點後，女生好友用眼神示意我也說一句，於是我在電話的這一頭，輕輕地說：「你明知道她會不開心，幹嘛這麼做，這次是你不對。」

說完後，我聽到阿耀在電話那頭非常生氣地喊：「媽的，關他屁事喔，妳叫他不要吵。」
我跟女生好友尷尬地對看了一下，那也是我第一次和阿耀有了矛盾，一個本來事不關己的衝突。

後來他們冷戰了兩個禮拜，同時，我和阿耀也處在冷戰的狀態。他們分手後，不知為何我跟阿耀也變得尷尬，沒人願意再提起這件事，最後就這樣漸行漸遠。

「遺憾的是，原本只要一句話和一個擁抱就能和好的事，如今卻成了再也不見的陌生人。」

那天，我在節目裡和大家說起這個故事，接近尾聲時，我一一地唸出所有讀者寫給我的信，上面寫著許多來不及說出口的話，唸著唸著，淚水早已在眼眶裡打轉。所有的感謝和道歉，全都連成了一條拋物線，像是一條思念的弧度，在繁星的夜空裡劃破了時間。

後來聽朋友說，高中畢業後，阿耀去了美國，很少再和臺灣的朋友聯繫。

事隔這麼久，希望你能聽見，我遲來的一句抱歉。
「謝謝你，對不起，這個曾經這麼照顧我的好兄弟。」

會說的人太多，能陪著自己的越來越少。

所以你一定要永遠記得，那個在你最低落時，

第一個飛奔來找你的人；

那個永遠陪你笑著同個梗、哭著同件事的人。

不知道又隱藏了幾次悲傷，取代的都是臉頰上被擠出的笑痕，
是誰在耳邊對我說，你已經是個大人了，
有些眼淚得流得不動聲色。

那些笑得越是深刻，哭得才越是徹底。
我說啊，長大真的是個討人厭的過程。

沒有混亂的紅色天堂

有些過往的回憶，在畫面裡看似平淡，
卻佔據著自己生命中最重要的一部分；
在某個日常的瞬間回想起來，安靜著卻也勝過千言萬語。

1.

自從父親轉到普通病房之後，小東和母親兩人便開始輪流在醫院值班。小東的主管也是臺灣人，小東剛到紐西蘭工作的時候，主管把他當自己的弟弟一樣照顧；父親出事後，主管理解他的困境，替他向公司爭取以接案的方式繼續工作，這樣小東一方面可以專心照顧父親，一方面還是有收入。

輪到小東照顧父親的時候，他早上在醫院幫無法自理的父親翻身、如廁和洗澡，晚上就抱著電腦窩在那張摺疊床上，處理公司的案子；因為兩地時差的關係，沒幾天就熬出兩個黑眼圈；但他不敢懈怠，因為復原的機率彷彿在和時間賽跑，每一天都是關鍵，一定要好好把握這半年的黃金期。深夜裡小東看著躺在病床上的父親這樣想著。

然而在復健之前，他們還需要等一份血液檢查報告。過了漫長的 3 天後，報告出來了，醫生告訴小東，他們在父親的血液裡發現了一種超級細菌——「金黃葡萄球菌」；由於這種細菌非常容易傳染給免疫力較弱的病人，所以父親需要馬上被隔離，暫時無法進行復健的治療。

一臉茫然的小東只聽得懂「超級細菌」這四個字，醫生繼續說，隔離需要多久的時間還有待觀察，只要確定血液裡都沒有細菌，便可以轉回普通病房，恢復復健的治療。

陪伴，是世上最奢侈的禮物

小東轉向沉默不語的母親，想伸出手握住她，卻發現母親兩眼像失去焦距似地望著沒有未來的前方，她心底的最後一道防線似乎在此刻瓦解成灰，「希望」兩字成了枯樹上的最後一片落葉，垂死掙扎地落下，直至飄落到深不見底的山谷裡。

不久，父親被送進走廊深處的一間隔離病房，小東站在走廊上，醫院持續瀰漫著低溫的冷空氣，從裡到外地讓小東失去了溫度；以為一切都將慢慢變好的心情，忽然之間，全被隔離病房外一層又一層的鐵門給冰冷地劃出了界限。

2.

從父親被隔離的那天起，母親的情緒也開始變得異常；原本上一秒還平靜地和小東說話，忽然間，像是被踩到什麼引爆點，憤怒地指著小東破口大罵。兩人起了些口角，母親失控地怒吼，甩頭轉身便離開了現場；晚點再見到她時，早已渾身酒氣、眼神渙散，嘴裡還發出含糊不清的聲音，走起路來重心不穩，見到東西又踢又甩。

這一幕喚醒了小東的記憶，讓他感到一陣憤怒，因為這樣的景象並不陌生。在他讀小學的時候，有很長一段時間，母親常常酒醉來接他放學；直到有次，母親一如往常地喝了酒要去接放學的小東，那天雨下得特別大，來往的車輛幾乎失去了視線，母親騎著摩托車準備要轉進學校的路口前，被對向一輛聯結車撞飛了出去，連車帶人倒在滂沱大雨中；雨水在地上迅速地暈開成一灘血泊，一旁的住戶聽到巨大的撞擊聲，紛紛出來幫忙，有人在雨中替母親撐傘、有人穿著雨衣在路邊指揮車輛，救護車隨即趕到，將母親送進醫院急救。醫生說母親的命大，這麼嚴重的撞擊，只斷了一隻右手，經過幾天的檢查，腦部也沒有大礙，親朋好友來探訪時，個個都說：「這真是不幸中的大幸。」

唯獨小東。他放學後，坐在病房外，他討厭看見母親酒醉的模樣，都是因為喝酒才把她自己弄成這樣。那時候小東 9 歲，他討厭母親

喝醉，但他更害怕的是，萬一母親因為喝酒發生意外而離開⋯⋯想到這裡，他緊閉雙眼，小小的身軀發著抖，嘴裡唸著：「活該，都是妳活該。」

那個時候，「死亡」這兩個字對小東來說還太沉重，逃避這個想像是他唯一能做的方式。

事隔這麼多年，早已戒酒的母親又開始酗酒。小東以為自己長大了，能面對母親的醉態，但只要看見母親如此狼狽不堪的模樣，混亂的情緒裡依舊會夾雜著憤怒。他想著，自己這麼努力地在維繫這個家的現況，母親卻在這時候，用這樣的方式面對。小東偶爾會邊掉淚邊對母親怒吼，彷彿大腦也失去了理智，他以為只要說出心裡的感受，便能釋放壓力，但換來的只是母親一臉醉意的無所謂，緊接著哭泣，以死相逼只是附帶的基本情節。小東最後只能收起眼淚，試著安撫母親，隔天，母親像是沒事發生似地繼續扮演著母親。過沒兩天，相同的劇情依舊重複上演⋯⋯

這段時間，小東一方面要照顧被隔離的父親，一方面要面對喝醉失控的母親，加上工作需要重新調整進度，他常常吃飯吃到一半，眼淚不自覺地流下來。他不斷地將食物加速塞進嘴裡，直到雙頰鼓起，沒了空隙；因為他知道，在他即將無預警的潰堤前，一定要先逼自

己填飽肚子,吃飽了才有力氣繼續面對。那天,他走回醫院的路上,突然崩潰哭出來;他蹲在大馬路上嚎啕大哭,直到快被自己的眼淚淹沒了。為什麼哭,他根本沒有頭緒。

在人車熙來攘往的街道裡,有個哭泣的男孩蹲在路邊,沒人知道原因。浩瀚的蒼穹裡曾有顆發光的星星,忽明忽滅地直到失去光芒。小東知道母親可能生病了,或許自己也是。

回到了醫院,小東重新打起精神,像是剛剛的事沒發生過一樣,繼續堅強地在醫院留守,抱著一台筆記型電腦,盤腿坐在椅子上,趕著公司指派的新工作。

長廊的另一頭,值班的護理師加速腳步跑向小東。

一臉緊張的護理師拍了拍小東說:「你媽媽好像喝醉了,現在在大門口。」
小東戴著耳機沒有聽清楚,將耳機拿下,還沒開口問,就聽見遠處隱約傳來母親的哭鬧聲,他快速起身走向大門,見到一臉醉意的母親,滿頭亂髮地俯坐在地,拖鞋散落在前後詭異的位置,腳底滿是泥土的髒污;一旁的護理師和好心路人正試著將她從地上攙扶起來,小東衝向前幫忙,母親見到小東後,情緒更加失控,她淚流滿面地

對著小東說不要管我，死命地喊著：「我不想活了。」起身後將小東的手大力甩開，左右搖晃地撞上牆面，一腳拐到一旁的椅腳，又跌了一跤，跪坐在醫院長廊上的她，歇斯底里地哭吼著。

母親不斷複訴著：「我好累，我不想活了……我真的好累……」

醫院銳利的燈色，不僅無情地照出母親臉上因時光流逝而留下的刻痕，更是刺進母親和小東的全身上下，貫穿了每一寸肌膚；混亂又憤怒的情緒在血液裡四處流竄，小東跪坐下來，在地上抱著痛哭的母親，他望著牆上布告欄貼的智慧小語，一張背景為藍天白雲的亮面海報，上面印著大大的書法字：「明天會更好。」

小東無力地將視線移轉回母親身上，他心裡知道，明天，不一定會更好……

3.

有些過往的回憶，在畫面裡看似平淡，卻佔據著自己生命中最重要的一部分；在某個日常的瞬間回想起來，安靜著卻也勝過千言萬語。

經過昨晚在醫院門口如八點檔戲劇般的演出後，一早，小東便陪著母親去精神科掛號。他看著母親日漸消瘦的側臉，一瞬間才意識到，

陪伴，是世上最奢侈的禮物

原來她也老了許多；這樣一路走來，她比誰都辛苦，小東幾乎快忘了上次好好和母親說說聊聊的日子是什麼時候了，這段時間忙著照顧父親和處理工作，是不是也忽略了她？想到這裡，小東心底像是被種下了苗，一陣愧疚感急速地在體內增長。

腦海不由自主地浮現起幾年前的某個夏天，母親臉上掛著憂心的神情，站在月台前含著淚水支持著自己的夢想；陽光下她的臉被曬得紅通通的，一雙明亮深邃的眼睛寫滿母親對孩子的關愛。小東永遠忘不了母親臉上的神情，她掛在風裡的笑，是那個季節裡，最明媚的一道光。

經過醫院的診斷，母親確定罹患了憂鬱症，醫生開了相關藥物給母親，藥袋上標示著密密麻麻的警語和副作用，醫生特別告訴母親，喝酒會讓藥物副作用加倍，所以絕對不能喝酒。一旁的小東仔細地記下醫生的告誡，坐在診斷桌前的母親雙眼無神，只是點了點頭沒說話。

這段膠著的日子像是場夢境，累壞的小東，常常不經意地在醫院長廊的椅子上睡著。這天，似乎做了一個夢，夢裡他站在小學的校門口前，遠遠看見母親騎著摩托車，他朝母親的方向用力揮手，金黃色的夕陽照在母親臉上，無憂的笑容隨著夏天的風飛過。小東坐上

了車，雙手從背後抱著母親，兩人開心地笑著，這樣幸福的輪廓彷彿被時間剪成了一片悠長的溫柔。

「您好，是周宇的家屬嗎？」小東的嘴角似乎正在微笑，護理師搖了小東的肩膀好幾下，他才從夢裡驚醒。

小東揉著眼睛起身，醫生和護理師並排站在眼前，小東腎上腺素激升了一下，他迅速地問：「您好，請問我父親的狀況還好嗎？」

醫生捲起了報告頁說：「經過這一個多月的持續追蹤，最近兩次的血液檢查裡，我們已經沒有看到細菌了。」

小東睜大了眼說：「所以目前還是需要住在隔離病房嗎？」

醫生說：「您父親現在復原的狀況還算不錯，我們建議可以先出院，並且開始復健，住家裡也比住在醫院好，心情會影響病人復健的狀況。」

和醫生討論過後，小東決定先將父親接回家裡，並著手安排復健療程。原以為接下來的一切都可以進入軌道，沒想到，回到家的第一個禮拜，父親經常半夜咳嗽，有時甚至咳得停不下來；起初小東以為是插管後喉嚨受的傷所造成，觀察了好幾天，小東覺得不對勁，一早起床便帶著父親回到醫院做檢查。到了醫院，他紛紛和熟悉的護理師們打招呼，一旁來看病的老人零零落落地坐在不同的椅子上，小東推著輪椅上的父親，快速地穿越醫院走道，沿著地板的指示線

走到了診間門口，有那麼一瞬間，熟悉的路線讓他誤以為自己在這住了一輩子。

做完例行檢查後，看著報告的醫生眉頭緊縮，他說：「我們在 X 光片發現，您父親有感染肺結核，不過是非開放性肺結核，所以只要固定吃藥，半年之後再複診，基本上就沒問題了。但接觸過的家屬都需要來醫院做一次 X 光的檢查。」

醫生繼續和小東說，接下來父親可以在家治療，疾病管制署會有關懷員每天到家裡協助父親服藥，只要定期吃藥，以後復發的機率非常的低；不過這將會是一段長期抗戰，父親必須停止來院復健治療，暫時只能居家復健，他給了小東一些復健上的建議，希望他做好萬全的準備。

小東似乎注意到父親眼神裡的變化，父親四處張望著，醫院裡所有聲響彷彿都刺痛著他全身上下的細胞；小東感受到父親的害怕，因為他永遠忘不了，那天在加護病房裡，父親張開眼後，向小東求救的眼神。

小東將手輕輕地放在父親的肩上，彷彿從他的手心注入一股暖流，父親的眼神隨之安定許多。

那天離開醫院後，小東推著輪椅上的父親走到醫院大門外，他心裡其實也好害怕，對未來種種的不確定因素感到不安；他想著，這半年是最重要的黃金期，父親卻不斷地跟各式疾病對抗。午後的陽光灑在父親靠在輪椅手把上的消瘦手臂，小東看著他衰老的背影，他的沉默傳到了小東體內，一股無形的壓抑在胸口爆開。小東強忍著淚水，對著父親說：「爸，無論前方的路還有多遠，我都會陪著你一起；也許會哭，但答應我，一定要繼續走下去。」

小東知道自己的勇敢並不是全然來自於自己，更大的一部分，是為了他深愛的父親。

4.

離開醫院彷彿是昨天才發生的事,這幾個月來,小東早上一邊處理公司的案子,一邊照顧無法自理的父親,平時陪著他練習原地踏步以及說話;到了晚上,除了照顧父親,偶爾還要面對情緒失控的酒醉母親。

這天接近晚餐時間,父親躺在房間休息,小東走到廚房正想準備晚餐,聽見門外有鑰匙聲準備開門,從鑰匙撞擊門鎖的次數聲來判斷,母親大概又喝到了九分醉。小東放下正在備料的菜刀,走出廚房,就見到母親左搖右撞地晃到了客廳,將鑰匙往地面用力一甩,小東冷靜地走向前撿起鑰匙並重新放置桌上;他試著壓抑自己的情緒,溫柔地將母親扶到椅子上休息,確認沒事後,便走回廚房繼續準備晚餐。過了一會兒,小東似乎聽見客廳有動靜,走了過去,發現母親正將一堆憂鬱症的藥一口吞下,小東衝向前想阻止,卻被母親的手甩開;喝醉後的母親力道大得驚人,小東的右手被打到有點發紅,他的理智線像是隨時都要斷掉般地被挑著。母親站起身,走向一旁父親的助行器,一腳踢開,憤怒地對房間喊著:「這麼辛苦幹嘛?生這麼多病,乾脆死一死算了。」

助行器被踢飛到空中,像是一場不完美的飛行降落,慘摔在地面滑行了幾公尺,猛烈的撞擊聲在寧靜的傍晚裡,顯得格外刺耳;窗外

的狗吠聲一陣又一陣地響起，躺在房間的父親無法起身，用盡了全身力氣朝著天花板嘶吼著，沙啞的聲音簡直穿破小東的耳膜。他急忙快步走向房間，握著父親早已握緊的拳頭，看著他滿臉通紅地盯著天花板，急促地吐著一口又一口的憤怒氣息。小東將被父親踢開的棉被又重新鋪蓋好，正準備起身時，聽見母親走向房間的腳步聲，藥效似乎被酒精加速了變化，母親從廚房拿了一把菜刀，走進房間，朝著父親的方向走去，大聲吆喝著：「我們一起死。」小東衝向前一把抓住母親的手腕，母親用力地在空中揮動著刀，兩人在床邊前後僵持，小東雙腿因腎上腺素的快速激升而感到顫抖，後方的父親躺在床上對空怒吼，四肢不協調地上下撞擊床面，像是有條隱形的繩索將他壓制在床上，越是用力掙脫，綑綁得也越緊。

在一片混亂之中，小東抓緊了時機試著將刀拿開，卻在拉扯中不小心劃傷了自己手腕，一股炙熱的紅色液體從悲痛的體內噴發，直到灑落在母親和小東的臉龐上。這時，母親才將手上的刀給鬆開，小東一手抓著刀，另一手壓著傷口，血液從指縫中緩緩溢出，倒坐在一旁的母親開始放聲大哭，床上的父親似乎放棄了掙扎，眼神倒映出一道深淵。傍晚的空氣裡，紅色的分子被凝結成一片又一片的悲傷，有那麼一刻，小東幾乎要將止血的手給放開，他心想：「就是現在吧，讓這一切都隨著這深紅色的液體流向那沒有混亂的天堂。」

11/05/2004

生日快樂

在你的生命裡，有沒有什麼樣的片刻畫面，是這輩子無法忘記的？
可能是一個人、一件事，又或者是一句話。

5 月 11 日，是我媽的生日，也往往是母親節。我 17 歲那年的 5 月
11 日，是我永遠無法忘記的一天。

從小我和媽媽講話的方式很像朋友，也許是因為她很年輕，所以從
我開始注重打扮，她就教我如何穿搭，還會告訴我現在流行的東西。
除了這些，她對我的教育方式也很開放，從來不會覺得我非得很會
唸書才算是好孩子；只要做人正直，健康快樂地長大，她就心滿意
足了。這部分我還真是要謝謝她，讓我這個在臺東長大的孩子，除
了好山好水，還很好命（我承認我很不會唸書）。在我的印象裡，
媽媽和其他同學的母親很不一樣，可能是她太過於獨立，也可能是
從小在部落裡長大，城市裡的價值觀不適合她；很多事情她都表現
得比其他人瀟灑，甚至可以說是無所謂。最重要的是，她從來不在
意別人怎麼看她，「做自己」這件事，在她身上展露無遺，所以在
我眼裡，她一直是「勇敢」、「大方」的化身。

到臺北唸高中之後，有段時間，我沉迷在這繁華的城市生活裡。我主動打電話回家的次數漸漸變少，最後都變成我媽媽打電話給我；或許是因為時間過得太快，我的日曆裡面只剩下平日和週末兩種區別，每當週末一到，我便和同學玩到通宵，常常禮拜天一整天都在家睡覺。

一如往常的某個禮拜天，我睡到了下午，起床就和朋友約吃晚餐，當時對我來說，這是一個再平凡不過的週末。當我在餐廳外面等朋友時，我接到媽媽打來的電話。

我：「喂，媽。」
媽：「你在忙嗎？」
她的聲音聽起來似乎有點低落。
我：「和朋友吃飯啊，沒事吧？」
媽：「沒事，那……你先去忙吧。」
我：「怎麼了？還好嗎？」

隨後我媽一陣靜默，無聲的電話裡，我隱約聽見啜泣的聲音，但臺北市的街道太喧囂，我緊張地再問了一句：「媽，還好嗎？我在這，有事可以跟我說。」

陪伴・是世上最奢侈的禮物

我媽像是被打開了情緒開關，突然一陣暴哭，她哽咽地說：「今天是我的生日，沒有一個人記得，你爸不在家，你也不在家，好像都沒有人在意我一樣。」

一瞬間，我像是被打了無數個巴掌般。那一天，5月11日，5月的第二個禮拜天，是我媽的生日，也是母親節。我才驚覺，臺北市的餐廳外頭，滿滿的都是慶祝母親節的活動，路上一群笑得開心的家人，正準備走進裝潢高級的餐廳慶祝這一天。

那天，我站在街上聽著媽媽委屈的泣訴，也跟著掉出淚。

隔一個週末，我買了回臺東的車票，想回去給她一個驚喜。途中我想起了老媽平時堅強的模樣，什麼事她都無所謂；那時候，我才知道，那個總是笑著說沒事的人，卻也是會在晚上獨自哭到睡著的。

我親愛的老媽，生日快樂，以後妳的堅強由我來扛。

陪伴，是一個人能給你的最大禮物。
每個人的時間都有限，也都有屬於它原本的價值；
當一個人願意將有限的時間分給了你，
也等同最珍貴的給予。

即使只是靜靜地那樣待著，也是他的全世界。

成長的同時，我們得到了什麼、又失去了什麼。

哭得沒有以前純粹，即使難過，也只是暗藏在皮膚底下；

不開心的還得假裝微笑，明明在乎的還要假裝不想要，

到頭來，你得到了看似鎮定的姿態，卻也遺失了單純的面貌。

最害怕的往往都是，長大了，

卻也成為小時候最討厭的那種樣子。

生命的期限

生命是如此的有限。

原來，連活著都是一場奢侈的願望。

Chapter 7.

1.

擁擠的街道，汽車與摩托車全塞在一塊兒，喇叭聲此起彼落，腳步飛快的人們見縫穿過，天空和雲錯落在高架橋和大樓間，8月的臺北，車海間燃起了海市蜃樓。

這天，小東和幾位朋友相約好，下午3點在建國南路和市民大道交錯的高架橋下碰面。抵達地點後，玉子和其他兩個朋友老早就站在橋下等，應該是天氣太熱，玉子看了一下手機螢幕上的時間，冷冷地對著遲到的小東唸了兩句：「這麼久沒見，還是那麼會遲到。」

小東厚著臉皮傻笑說：「吼唷，又不是我說要算命的，我只是來陪你們算而已啦。」

玉子白眼翻了一圈。一旁的友人趕緊打圓場地說：「來都來了，就一起算吧，這個老師很難約。」

其實小東身邊的好友都知道，他這個人從來都不相信算命，他的至理名言是：「命運是掌握在自己手中的，管他明天是好是壞，現在煩惱都還太早。」

一直自詡為「活在當下」的小東，其實並不是不曾對未來感到懷疑，而是他知道，只有解決了當下的問題，未來才有可能被改變，過去、現在和未來，其實是並存的。

　　　　　　　　　　　　　　　　陪伴，是世上最奢侈的禮物

小東沉默一會兒後，開玩笑說：「好啊，如果他可以一開口就說到我爸的事，我就信。」

接著又說：「等等老師不管問什麼問題，大家都要保持鎮定，不能東張西望，自然一點。」

小東在走去老師家的路上，一臉不正經地和大家擬定了這份計畫。

雖然表面上漫不經心地耍著嘴皮，但只有他自己知道，之所以這麼快地答應一同前往，並不是抱著隨遇而安的心情；而是這9個月以來，家裡產生的巨大變化，讓任何信念堅定的人，多少都對未來感到一絲不安和懷疑；當然，走在一旁沒說話的玉子，也是他願意來的原因之一。好幾年前，玉子父親過世之後，小東曾陪她來過一次，他永遠忘不了，當時玉子眼神裡的無聲吶喊，從未丟失過的未來，在她父親離開的那天起，彷彿也失去了方向。

2.

「來，你們誰要先？」一位小兒麻痺的老師坐在電動輪椅上，留著一顆齊瀏海的俐落髮型，看起來有點像是某位電視明星，他將右手伸了出來，看著並排坐著的小東和友人們。

可能是受小東擬定的計畫影響，沒人答腔，全都直盯著老師不說話。

老師突然將視線轉回坐在左邊第二個的小東身上，他把手伸向小東並說：「來，就你先吧，你最多問題。」小東感受到自己的胸腔震動了一下，但他維持一貫的臉部表情，眼神堅定地看著老師，若無其事地將手伸到桌面上，老師一把捏住了小東的手，時而捏緊時而放鬆，另外一隻手的大拇指不斷地在食指、中指、無名指和小指尖來回快速點著。

「最近家裡發生了什麼事？」老師的聲音聽起來低沈卻很響亮。
「沒什麼事。」小東淡定地說。

老師繼續來回捏了幾下，小東用眼角餘光觀察一旁友人的肢體變化，大家似乎都保持得非常鎮定。
過了幾秒，老師將頭側了一邊說：「你爸爸怎麼了？」
「我……爸爸他還好。」小東試著調節自己的呼吸起伏，餘光似乎也看到朋友紛紛刻意換了姿勢，來掩蓋自己緊張的情緒。

「沒關係，你可以說的，爸爸身體還好嗎？」老師的聲音似乎有了些變化，原本低沈的聲音突然放慢了下來，還變得有點溫柔。

現場的氣息凝結成一片靜默，小東明顯聽見自己心跳飛快的聲音，他深深地吸了一口氣，幾乎無法相信自己眼前所遇到的事，他抿著

嘴，看了老師一眼並點了點頭。

老師沒說話，他示意小東將另一隻手也放到桌面上，他將小東的手放在自己的手心上，接著語氣充滿不可思議地反覆說著：「這是奇蹟，真的是奇蹟。」
接著說：「你父親應該在那個時候就要離開了。」

小東聽到這裡，全身微微發軟，他眼睛筆直地看著老師，害怕地連呼吸都快忘記了。

老師告訴小東，在他28歲那年，會有親人離開，小東終於卸下心房，慌張地問了老師說的親人是指誰。
老師只說了一句：「跟你非常親的人。」

這一年，小東25歲，他離開老師家後，望著城市中的人、人車加速穿梭其上的街頭、頭頂上的蔚藍天空，全被框在高架橋和一棟又一棟的大樓之間，原本該擁有的自由，就像是電影裡的特效場景，純屬想像。

他輕閉雙眼，吸了一口氣，心裡想著：「生命是如此的有限。原來，連活著都是一場奢侈的願望。」

諷刺的是，我們卻依舊將自己的靈魂捆禁在這巨大的籠子裡；是不是我們都將生命刻畫得太過理所當然，所以在終點來臨之前，它才會顯得如此猖狂。

3.

很多時候，我們選擇活著的方式，並不是因為我們打從出生就擁有心之所向的目標，而是因為我們被大腦裡的回憶所支配，於是我們用盡了全力想去彌補過去的遺憾。可能是關於你自身的，也可能是關於你深愛的。

這段期間在小東腦海裡的畫面，就像是一場永無止境的循環電影，無論過了多久，某些深刻的畫面，總無法抹去。

1 個月前，由於父親的復健狀況一直不是很理想，小東決定帶著他來臺北就醫。剛結束長達半年的居家肺結核治療，其間因為父親需要被對外隔離，只能在家做些基本復健；吃藥的副作用造成身體虛弱，導致復健恢復程度比預期還要緩慢，漸漸地，父親也對自己失去了信心。小東感受到父親無數次想放棄的念頭，但無論過程再怎麼辛苦，他總是陪著父親握著助行器，一步一步地走；即便父親躺在床上不想動，他也一起躺下來，握著父親的手開始運動。小東看著父親沮喪的臉，便試著說些好笑的事逗父親笑；或許是太累，偶爾父親不領情，突然一股怒吼，還示意小東不要煩他，小東就會急忙笑笑地和父親道歉，趕緊讓父親休息。但他從來不讓父親發現，自己走出房門外後，眼淚早已流個不停。

某天半夜，父親突然想上廁所，小東聽到了父親微弱的聲音，趕緊

下床並帶著父親用助行器走到廁所。父親在馬桶上坐好後，小東再三叮嚀父親，上完廁所後一定要等他進來，不能自己隨意站起來，不然可能會跌倒，父親只是點點頭，說完後，小東便走到廁所門外等著。深夜裡的寂靜有種魔力，彷彿所有的聲音都能牽絆著你的神經，突然間，廁所裡傳來一聲巨大的撞擊聲；原來父親想試著自己起身，卻重心不穩地摔了跤，頭部直接撞到了牆，助行器猛烈地在地上來回撞擊。

如噩夢驚醒，小東衝進廁所，趕緊扶起倒在地上無法起身的父親，他看見父親的額頭撞出了一個包，忍不住說：「爸，我不是跟你說要等我進來才能起來嗎？醫生說你千萬不能跌倒，這樣子真的很危險。」或許是半夜被吵醒，小東的口氣聽起來有些不耐。

坐在一旁的父親也惱羞成怒，對著小東吼了一句：「不要管我。」原本沙啞不清的話語，在那一瞬間，小東卻似乎聽得非常清楚。

這段期間，小東為了照顧沮喪的父親，試過了各種方法，只為了能讓他打起精神來。但每當自己全心全意地付出，得到潑冷水般的回應時，他只能不斷告訴自己，父親心理的挫折感很大，小東自己必須再多一些耐心，不能讓父親看見自己也有失落的那一面。這幾個月來，小東彷彿失去了悲傷的權利，每當深夜，獨自回到父親床旁的地鋪被窩裡，眼淚才得以被一點又一點地釋放。但照顧者也是需

陪伴，是世上最奢侈的禮物

要被關心的，當那些負面情緒被壓抑太久，累積到最後，往往一發不可收拾。

小東聽著父親的怒吼，壓抑著心中的情緒，他安靜地將父親扶向床邊，正當想開口和父親表達自己的不滿時，他看見父親臉上露出疼痛的表情；那一瞬間，蒼老的臉龐在黑夜裡，顯得加倍孤獨。小東深吸了一口氣，收起嘴邊即將爆出口的情緒，他拿了一條毛巾裹上冰塊，輕輕地敷在父親因碰撞而腫起的額頭上；他安靜地坐在父親身旁，黑暗中，他似乎看見父親眼角溢出的淚水，他溫柔地替父親拭去。那一晚，兩人各自沉默不語地躺回被窩裡，時鐘裡的指針在寂靜的夜晚滴答作響，像是引力般推著無力的兩人，往未知的方向越陷越深。

14/09/2007

天堂的你，最近好嗎？

曾有人說過，年紀越大越能看淡分離。但我覺得很多時候，我們並不是真的看淡，只是長大之後，我們懂得把感覺隱藏得比較深而已。

熱愛旅行的我，也曾以為只要旅行得夠久，路上遇到再深刻的事，都能習以為常地相遇然後分離。但事實上，每一次的遇見，都只是累積了那些「離別」和「思念」在自己生命裡的厚度；因為要承擔長大後，那不知幾斤重的面子，於是面對外在的世界，我們都不再輕易地承認內心也有脆弱的那一部分。

越是用情的，往往越是埋得深不見底。

有件事一直深刻地放在我心中。高中畢業那年，我爸從外面帶回來一隻白色小狗，他的名字簡單又好記：小白。我爸帶回來那天我幫他取的。

小白非常的聰明，我爸不管走去哪，他總會跟在身後。他跟著爸爸出門買東西、週末就跟爸爸去港口釣魚。平常，我爸只是單純地從

椅子上起身，什麼事都還沒做，小白就能分辨他現在是不是要出門，而且他可不可以跟，小白幾乎可以讀懂我爸所有的情緒和動作。那個時候我在臺北工作，每次放假回去，我爸總是一臉得意和驕傲地和我說起小白的各種聰明事蹟，我媽在旁邊聽了，總是開玩笑地說：「小白喔，是你爸的狗兒子。」

我爸退休之後，開始做起小生意，他開著一台發財車到學校附近賣炭烤雞排，小白總會跟著我爸一起去做生意。我爸說，每次開車時，他會開一些窗，因為小白喜歡把頭靠在車窗，迎著風的臉看起來很享受。

某天下午，我在打工的餐廳裡接到了我媽的電話，她告訴我小白被車撞了，躺在路邊倒地不起，已經緊急送去醫院；醫生說，小白的狀況並不是很樂觀，無法馬上開刀，可能需要先觀察一個晚上，明天一早進行手術，但是我們可能要做好心理準備。

我媽和我說，那天小白側躺在手術台上，她輕輕地安撫他，告訴他要堅強，小白氣息微弱地看著她，像是告訴她：「沒事的。」
聽到消息後，我躲在吧檯裡哭了好久好久，哽咽地幾乎無法說話。可是當時是上班族的下班時間，許多客人正準備進門享用下班後的晚餐，我頂著哭腫的雙眼，繼續上班；但每當想起小白跟在我老爸

後面的那副模樣，眼淚就又不聽使喚地流下。

隔天一早，我接到我媽的電話，電話裡傳來她和妹妹的哭聲：「小白走了，醫生說內出血太嚴重，沒有撐過來⋯⋯現在在醫院幫他辦後事。」

聽完後，我的眼淚又再度潰堤，不知哭了多久，我突然想起，那我爸呢？他還好嗎？

我：「那爸爸呢？」
媽：「你爸他沒來。」
我：「怎麼沒來，他知道了嗎？」
媽：「他知道，他說他不來了⋯⋯」

那時候的我幾乎要被眼淚給淹沒，百思不解，我爸這麼愛他，怎麼可能沒去看他。
我媽告訴我，爸爸太愛他了，他害怕見到他最後一面。

那天我媽他們回家之後，我爸自己一個人跑去港口釣魚，我知道，那是他紀念小白的方式。

這件事過了很久之後，有天我和我媽聊到這件事，我媽說，小白走的那天，她在醫院打電話給我爸，掛掉前，聽見他偷哭的聲音，我和我媽都知道，這的確像是愛面子的老爸會做的事。

過了好幾年，我媽一直說想再養一隻狗，我爸不是很願意；在那之後的某天，我爸說他同事家的狗生了，於是就帶了一隻奶油色的小狗回家，只是這次他讓我媽幫小狗取名字。對他來說，曾經給過名字的小白，一生只有那麼一次的邂逅，也是唯一。

那天，家裡的電視櫃上多了一幅相框，裡面放著老爸和小白在港口釣魚的照片。陽光下，他們的眼睛笑成了一條線，像是一道永恆，印在了心裡。

親愛的小白，在天上還好嗎？我們一直都很想念你喔。

　　　　　　　　　　　　　　　陪伴，是世上最奢侈的禮物

我所理解的「幸福」很簡單，就是能和愛的人在一起，
做喜歡的事、看喜歡的電影、唱喜歡的歌，
那感覺就像今天本來是個無聊的一天，可是因為和你在一起，
無論在哪我都願意。

世界上有很多事情足以讓你感到幸福，
而那些東西全源自於你對於身旁的珍惜。

陪伴，是世上最奢侈的禮物

願你遇到一個如太陽般的人，替你曬曬那心中陰暗角落。

初次見面

像是一道看不見的洋流，徜徉在宇宙萬物之間，
化做了一片溫柔的形狀，看不見卻明顯感覺得到，
他知道，那是人們口中說的：愛。

Chapter 8.

1.

夏天的臺東，天上疊滿厚厚的雲層，用半天的時間集結了空氣裡的水分子，好讓悶熱的城市來一場無預警的宣洩。平淡的午後，有個男孩抱著一疊紙箱，躲在街邊的屋簷下，他看著手上的時間，知道必須趕快回家，因為家裡還有個父親需要照顧；在他準備奮力朝著家的方向跑去時，他看著被大雨模糊視線的前方，他知道接下來的日子，不再有人替他撐傘，像是個沒傘的孩子一樣，下雨了，他也只能不斷地在生命中奔跑。

小東跑回家後，全身濕得一塌糊塗，他將抱回來的紙箱靠在門口的走廊邊曬乾，看著堆滿紙箱的客廳，心想，這是最後一疊了，等自己的房間裝箱完畢之後，搬家打包的事情就大功告成了。接著把他們帶去臺北，那裡的醫療資源比較豐富，租一間醫院附近的房子，除了可以就近看診，親戚和朋友都住在那兒，或許這樣會是現階段最好的安排吧。

小東回到了房間，將身上濕透的衣服脫去，換上了乾淨的衣服後繼續打包。整理衣櫃時，他翻到好幾個塵封已久的紙盒，盒子裡有他從幼稚園到高中的畢業紀念冊，底下堆著滿滿的舊照片；照片上的母親，皮膚白皙透亮，看起來好年輕，配上一頭俐落的烏黑短髮，陽光底下，她是如此的耀眼。母親抱著小時候的小東，兩個人的眼

睛笑成了一條線。

他知道，大概是母親在他離家去外地工作時，將這些回憶偷偷地藏在他的房間裡；他彷彿可以看見母親躲在這個房間，翻著舊照片，好讓思念潰堤前，還有個情感寄託能夠安穩地陪伴她。

在房間休息的母親似乎是聽見小東回家的聲音，走到了小東的房門外，母親看著小東手上拿著的盒子，笑著說：「這些都是你小時候的照片，我幫你收好了，畢業證書也全在裡面，怕你哪一天要用到。」母親邊說邊走到床邊坐了下來，小東繼續翻著紙盒裡的舊照片，他試著一手將整疊的照片從紙盒拿出，想攤開在床上和母親一起看。突然小東發現散落在床上的照片堆裡，夾著一條用紅色花繩編的項鍊，他一臉好奇地拿起項鍊，還沒問，母親便開口說起過往的一段回憶。

大約是在小東 3 歲左右，常常半夜莫名發高燒，每次父親都背著他到住家附近的一間家庭診所，大半夜的拜託醫生替孩子看診，只是檢查了好幾次都找不出原因。有天，父親下班回家途中，路過了一間寺廟，從不求神問佛的父親下意識地走了進去，想替小東求個平安。離開前，有位老婆婆叫住父親，她將一條用紅色花繩綁成的平安鍊交給他，並和他說：「這是保平安的，你拿回去，如果家裡有

人需要的話，幫他戴上。」

父親回到家，替小東戴上這條項鍊，或許是巧合，那一天之後，小東的身體漸漸地好轉，也不在半夜莫名地發高燒了。

母親說完這段過往後，拿起了項鍊替小東戴上。項鍊貼在胸上時，小東的心裡感覺很奇妙，這是一段和自己有關的過去，卻不在自己的記憶裡，像是一場被深埋的回憶，時間雖然過去了，但有個東西超越了時間，並被保留了下來。像是一道看不見的洋流，徜徉在宇宙萬物之間，化做了一片溫柔的形狀，看不見卻明顯感覺得到，他知道，那是人們口中說的：愛。

2.

小東吐了一口氣後，望向眼前嘈雜的臺北街頭，腦袋裡奮力釐清的思緒在此刻卻變得更加混亂。老師最後和他說的那句話，像是鬼魅一樣，圍繞在他的耳邊，久久無法散去。

站在後頭的玉子看著小東沉默的背影，她知道小東此刻的心情，於是她靜靜地陪在他身旁；對玉子來說，小東就像自己的家人一樣，他的父親也是自己的父親，她曾經失去過那段來不及彌補的過去，所以她希望自己能陪著小東一起好好珍惜。

過了一會兒，小東回頭望了一下玉子，他知道玉子一直在那，玉子走向前搭著小東的肩，兩人一起看著臺北市的街頭，正當小東想開口訴說自己心中的感受時，玉子只說了一句：「我懂。」

不知為何，原本忙亂喧囂的街頭，突然安靜了下來，小東的眼淚像是無法控制地流了下來，這一天，在這無人注意的平凡日子裡，有兩個好朋友並肩站在彼此的生命之中，男孩流下的眼淚，只有這女孩懂。

3.

「我就陪你到這了，你加油。」玉子陪小東回到住家樓下時，對著

陪伴，是世上最奢侈的禮物

他說了這句話。

小東瞇著哭紅的雙眼，一臉傻笑地給玉子一個深深的擁抱。

他說：「我的世界真的不能沒有妳，愛妳。」

玉子說：「神經喔，我也愛你。」

兩人互相揮手道別後，小東看著玉子離開的背影，他知道自己是幸福的。收起了眼淚，帶著玉子的陪伴，他要繼續面對接下來的日子。

上樓後，小東打開門，發現沒有開燈的室內暗成一片，安靜異常；他不安地快步走去父親的房間，卻發現父親一個人驚恐地躺在床上，兩眼瞪著天花板，想動卻無法動彈，床單也早已尿濕了一灘。他趕緊過去幫父親換洗，一問之下才知道，原來母親在他出門沒多久後，也跑了出去，丟下父親自己一個人在家。

原本整理好的思緒像沙一樣又被打散一地，憤怒又無奈的小東調節著呼吸，他必須先冷靜下來處理眼前的混亂。他將父親安頓好之後，就在準備出門替父親買晚餐前，手機突然響起，螢幕上顯示著母親的電話；他站在門前接起了電話，電話那頭的母親早已醉得話語不清，小東再也按捺不住心中的情緒，失控地對著電話怒吼出自己照顧這個家的壓力。這段日子以來，累積了太多的情緒，全都在此刻

穿破了壓抑，像是場火山爆發，直衝天際。

所有的不安和恐懼像是一場漫天紛飛的火山灰，覆蓋了這片家園，
躺在房間裡的父親聽得一清二楚，眼淚早已順著無力的臉龐滑落。
小東掛掉電話，爆發後的情緒隨之冷卻，他也逐漸恢復了理智；他
很清楚父親一定聽見了剛剛的爆發，趕緊走回房間想確認父親沒事，
但當他靠近父親時，父親只是揮著無力的手，用沙啞不清的聲音對
著小東說：「不要管我。」

小東想安撫父親，並試著上前擁抱他，只見父親不斷責怪自己拖累
大家；他雙眼瞪著天花板，發出一陣又一陣沙啞的吼聲，激動地揮
著雙手，不小心一掌打到了小東的臉上，小東的淚水衝向了眼眶，
他不懂為何自己這麼努力地想保護這個家，換來的卻是這樣的下場。
他顫抖著聲音對父親說：「為什麼，為什麼我這麼努力地想照顧你
們，你們卻都要這樣對我。」
父親繼續說著：「你不要管我。」

小東終於將心底最深層的壓抑，一股腦地從心臟爆發開來，他吼著：
「你們到底要我怎麼做才好，我難道還不夠努力嗎？你再這樣，我
就真的不管你了。」

　　　　　　　　　　　　　陪伴，是世上最奢侈的禮物

躺在床上動也不能動的父親也對著小東怒吼了一句：「你滾。」

一氣之下，小東二話不說地轉身走出家門，鐵門奮力地在他身後甩上。只是沒走幾步，小東便轉身靠在一旁的牆壁，顫抖的身軀沿著牆面緩緩地滑落至地上，潰堤的淚水早已浸濕了衣領；小東試著讓自己哭泣的聲音降到最低，只是當他越是想壓抑，來自心底的痛就越是用力。

眼淚順著悲傷的輪廓流成了河。小東低著頭埋向自己的胸口，試圖拉起衣領拭淚時，突然拉到脖子上的一條紅色平安鍊，一時心底像是被抽出了一卷回憶燈片，快速地打在眼前：曾經在某個半夜，有個著急的父親背著一個生病的孩子，連夜趕路去找醫生；曾經有個父親陪著這個孩子在蛋糕前許願，希望他能健康地長大。

小東抓著脖子上的項鍊，像是被一股力量充斥了全身。他打開家門衝回房間；聽見小東進門聲的父親，刻意地將頭轉向了另外一邊，小東來到他的床邊，跪坐在他的身旁，緩緩地拆下脖子上的項鍊，輕輕地替父親戴上。

他對著父親說：「爸，對不起。」
頭轉向另一側的父親，眼淚在這一刻也不聽使喚地流下。

小東躺上了床，輕輕地將父親抱在懷裡，眼角流下的淚還來不及擦；兩個人不發一語、靜靜地看著天花板，像是回到了初次見面時，父親抱著小時候的自己，生命宛如一場永無止境的長鏡頭，框出了溫柔的輪廓。

此時小東腦海突然閃過了一個念頭，下意識地說：「爸，我們一起去旅行，好不好？」
父親窩在小東的懷裡沒有說話，過了一會兒他點點頭，淚水早已穿透了小東的心上。

那一天，小東想起了老師說過的話。他告訴自己，如果生命的期限有可能就這樣擺在眼前，那或許，今天所得到的一切都是珍惜；因為明天和意外，不知道哪個會先出現，那在終點來臨之前，我們就大膽地再好好活一場吧。

陪伴，是世上最奢侈的禮物

這世上哪有什麼完不完美的事，
我並不是說不再期待完美這件事，

我只是不再只看遺憾那部分了。

我有的不多，但能給你我僅有的時間，
不管你需不需要，我會一直在。

我想成為你的手和腳

現在的我知道，繞了這麼一大圈，原來啊，
我的夢想是，只要你們一切都好，我就滿足了。
然後有天，我們再一起去一趟最美的旅行。

Chapter 5.

1.

「小時候對著天空許的願望，都飛到了這裡嗎？」

小東望著窗外，高度已來到超越雲層的位置，有人說最真誠的願望會來到 38,000 英呎，他專心地盯著眼前那一大片雲海，想起出國前，玉子傳來的一封訊息。

「小東，一直想告訴你，每次看著你爸的時候，都會讓我想起我老爸。你記不記得有次我家人出國，回來時幫我們兩個買了一樣的禮物；那時候我跟我爸約定，等高中畢業之後，我們大家要一起出國玩；誰知道，我老爸有夠沒義氣，自己先走了。所以，當你說你要帶家人去旅行的時候，我真的很替你開心；只想和你說，無論接下來的日子如何，我們都會一起走過。好好享受旅行，一路順風啊，愛你。」

時間過得飛快，從決定到出發的這兩年多，小東為了父親的身體狀況做了許多準備；雖然母親偶爾依舊會情緒失控，但已經比父親剛生病的那段時期好轉許多。他心裡想著，這是一趟必須出發的旅行。從 18 歲離家的那年開始，每當想家時，他總會抬頭看看天空，對著天空許下願望，希望有天可以帶著家人，去看看自己曾去過的每個地方。

經過了漫長的飛行，三人終於抵達了紐西蘭南島的皇后鎮住處。出發前，小東的紐西蘭同事 Pai 得知他要帶家人來旅行，熱情地向他提議，他們家在皇后鎮的瓦卡蒂普湖旁有棟夏日度假小屋，這段期間可以放心地住在這，這也讓小東在規劃住宿方面，省了不少麻煩。

Pai 的祖母是紐西蘭的毛利人，小時候，祖母常常和她說起古老的傳說，每當 Pai 說到那些故事時，小東和幾個要好的同事總是聽得入神。其中一個傳說，令小東印象深刻，也是這次來紐西蘭一定要去的一個地方。

「『南邊的島有座延綿的雪山，其中最高的那座，相傳它是宇宙萬物的開端，古老的人們稱它為 Aoraki；部落中傳說著人死亡後，靈魂會從 Aoraki 的山峰上回到天堂。』我的祖母常常和我說，只要真心地對著 Aoraki 說出心裡想要的願望，萬物之靈都會來幫助你的。」

2.

剛入秋的皇后鎮，日照的時間依舊很長，湖面像是藍寶石般的被陽光照得發亮，鴨子在水面上自在地游水，安靜的午後被划出了水紋；每當夕陽西下，相愛的人們並肩坐在湖邊，環繞一旁的南阿爾卑斯山被染成了一片粉紅，像極了童話故事裡的一道日常風景。

這幾天，因為長途飛行加上時差的關係，小東沒有安排太多的行程。下午休息過後，他便帶著父母親在皇后鎮的湖邊散步，一路上，小東推著坐在輪椅上的父親，細心地為他們解說當地的人文風景；走在一旁的母親似乎沒有太大的興趣，可能是因為時差的關係，表情看起來很冷淡，小東趕緊帶著他們走到湖邊的一處樹蔭下休息。初秋的紐西蘭，太陽 7 點之後才開始準備下山，小東看了一下手機，現在是傍晚 6 點半，再過不久就可以欣賞落日；他讓父母親在樹下先等著，自己跑去附近的咖啡廳買了些小吃，想和他們一起享受這寧靜的片刻。

買完之後，正當小東踩著輕快的腳步回到湖邊時，樹蔭底下一位老婆婆正在和父母親比手畫腳，從母親尷尬的笑容看來，他們似乎正在試著聊天，小東知道母親並不會說英文，他趕緊上前想幫忙翻譯，老婆婆見到了小東後直說：「他們是你的父母嗎？」
小東說：「是的。」
老婆婆一臉和藹地和小東聊了起來，經常旅行的小東，早已習慣和外國人這樣自然而然就聊起來的互動方式；當老婆婆得知小東帶著家人來旅行時，不斷地鼓勵小東。她說起了幾年前，自己也曾帶著坐著輪椅的先生去旅行，小東聽出老婆婆的先生可能已經離世了，他有點尷尬地說：「所以現在一切都還好嗎？」

老婆婆說：「一切都好，我的先生前年離開了，但我們曾一起度過了精彩的一生；至少在他離開前，我們做了許多不曾想過的事。」

小東安靜地點頭，說了幾句簡單的問候。雖然是還不太習慣聊到生離死別的話題，但不知為何心裡的感受卻是如此溫暖；面對陌生人的關心，有些難以開口的話反而變得容易說出口，小東說出了心底的話。他說自己曾花了太多力氣追著時間跑，一直到父母親生病之後，才開始學著多留一些時間給他們。

老婆婆給了小東一個溫暖的笑容，臉上布滿的紋理像是一道道富有哲理的故事。離開前，老婆婆拍了拍小東的肩，說了這麼一句話。

「你是個好孩子，你此刻付出的時間便是給予他們最好的禮物，時間代表著現在，現在也意味著永恆，而永恆源自於一件重要的事情，你的愛。切記，你的愛留下了時間。」

時間正好過了 7 點，日落的湖邊漸漸坐滿了人，那些相愛的人肩並肩地望著眼前粉紫色的天際，微風乍起，寧靜深沉的湖面被寫進了故事，小東回頭望著老婆婆逐漸消失在人群裡的身影。

有時候，只要我們還願意去相信，在失去方向的生活裡，總會遇上

這麼一個人，闖入我們毫無防備的生命裡，化作一位天使，留給自己一次解題的機會，再轉身離開。

3.

這幾個禮拜以來，小東駕著車，帶著父母親開過了蜿蜒起伏的山脈、越過了寬闊草原旁的公路。這天，在前往 Aoraki 的途中，小東開進了一條叫做 Lindis Pass 的高山道路；這裡因為地勢較高又空曠，終年強風不斷，兩旁的丘陵似乎因此而光禿禿的，和臺灣高山常見的茂密森林不同；世界在這裡彷彿被切割成不同的空間，眼前的山路，像是一條漫長又赤裸的孤寂公路，讓人不禁聯想起生命原有的本質。

也許是身處在這杳無人煙的山路上，原本還偶有交談的母親安靜了下來，小東從後視鏡看見父母親正專注地望著窗外的風景，他知道這些景象對他們來說有多奇特，於是小東把車開到路邊停下，正將視線移回車內的母親，在後視鏡中和小東對視，小東看著母親說：「我們下去拍張照吧。」

一路上舟車勞頓的母親看起來有點累，她按捺著有些不耐煩的神情走下車。下車後的母親獨自走向路邊，安靜地望向整片金黃色的空曠丘陵，也許是這片荒涼的風景讓人心底感到赤裸，母親看著遠方

陪伴，是世上最奢侈的禮物

的山丘說：「這裡什麼都沒有，誰要來這地方？」

小東默默地將父親推到了母親身邊，他看向母親望著的遠方，一臉正經地說：「或許因為什麼都沒有，我們才感覺得到自己擁有的啊。」

母親一臉疑惑地轉向小東，兩人四目相接之後，不約而同地笑了出來，坐在一旁的父親聽見了笑聲後，也忍不住地跟著笑了起來。

輕鬆的情緒在空氣中迅速蔓延，母親模仿著剛剛小東說話的語氣，越笑越起勁；小東看著母親臉上的笑容，幾乎快想不起來上次是什麼時候看見她如此開心了。自從母親生病之後，小東總是小心翼翼地和母親相處，深怕一個不小心說錯了話，讓憂鬱的母親再次陷入情緒的低谷。父親生病這段期間，他太專注在父親的照護和自己的工作上，卻忽略了母親。她需要的，或許只是一點點簡單的關心和陪伴。

趁著母親還在開懷大笑的時候，小東悄悄地從路邊摘起了一朵白色小花，轉身對著母親說：「喏，送給我最美麗的媽媽。」不知是因為笑得太過用力，還是被小東突如其來的舉動給感動了，母親的眼角似乎泛著淚水。小東趕緊從背包裡拿出相機，替母親拍下照片。

陪伴，是世上最奢侈的禮物

當他把相機拿給母親看時，母親似乎很滿意，小東又繼續替她和父親拍照；後來，母親也興奮地拿起相機替小東拍照。那一天，在一片近乎荒蕪的金黃色丘陵上，有三個人站在一條看似什麼都沒有的漫長公路上，卻擁有了全世界。

4.

紐西蘭人有句口頭禪：「在這裡，一天有四季。」

旅程的倒數第三天，原本早上還偶有陽光，到了下午，瞬間聚集了大量雲朵，變成了陰天。車子正沿著普卡基湖轉進 8 號公路，遠方佇立著綿延不絕的南阿爾卑斯山脈，其中最高的那一座山頭終年積雪，宛如仙境般的一處白色聖地。小東知道，那是他們的終點，他從出發的那天起，便帶著最真誠的心，希望可以帶著摯愛的人來到她的面前，聽聽自己心中最渴求的祈願。

車子轉進公路時，小東激動地對著後座的父母親叫著：「你們看，快到了，我說的那座山就在前面。」
父親靜靜地凝望著窗外，沒有說話。

當車子接近 Aoraki 山腳下的入口處時，小東停好車，在公路上推著沉默的父親，往 Aoraki 的方向慢慢前進。他在心中不斷重複地對著遠方的山峰說：「從今以後，如果父親真的再也無法走路了，那我願成為他的手和腳，陪他一起走遍世界的角落。」

或許是觸碰到心底的最深處，小東想起了小時候，父親曾問他：「小東啊，你的夢想是什麼？」

小東看著父親的背影，突然驚覺，他從未想過，那父親呢？父親也有過夢想嗎？

於是他打破了沉默：「爸，你的夢想是什麼啊？」

父親沒有說話，只是搖搖頭。

小東不確定父親搖頭是不是因為說話不方便而不知該怎麼回答，便再問了一次：「爸，你曾經有過夢想嗎？」

父親依舊搖了搖頭。

小東不放棄，又問了一句：「那你現在最想做的是什麼事？」

大概是長途旅行累了，父親含糊說了一聲：「回家。」

一旁的母親見狀，對著小東說：「你爸累了，今天早點回去休息吧。」

5.

隔天，也是旅行倒數的第二天，小東一早推著父親沿著湖邊的公路散步，陽光穿越了厚厚的雲層，一道光束打在湖面正中央。昨天對話僵持的氛圍似乎仍延續至今，一路上，小東都沒有說話，加上路上寥寥無幾的車輛，彷彿整個島上都安靜了下來，這個世界只剩下一對沉默的父子。

陪伴，是世上最奢侈的禮物

「旅行。」父親打破了寂靜，聲音似乎比以往清楚了一些。

小東不確定自己聽清楚了，又再問了一遍：「你說什麼？」
父親斷斷續續地說：「夢想……旅行。」

走在後頭的小東，沒有答話，眼淚流成兩行。他望著眼前那雪白的山峰，心裡一陣惆悵，他知道這個夢想，對於現在的父親來說，就像遠方那雪白的山頭，雖然看得見，卻難以到達。

他停了下來，對父親說：「爸，我們在回家前，一起做一件瘋狂的事好不好？」
父親點了一下頭，沒有說話。
小東說：「準備好了嗎？要開始了喔。」

接著，小東將父親輪椅上的安全帶繫好，他推著父親奮力地在公路上奔跑，途中他大聲地喊著：「衝啊！我們一起去旅行吧！」

父親用沙啞的聲音呼應了小東，緩緩地將雙手張開，迎著風，開懷地笑著。

6.

旅行的日子，時間似乎過得比時鐘還快，小東常在不自覺地看著父親的背影時，突然感到一陣恐懼。他害怕時間過得太快，害怕自己來不及趕上離開的腳步，每當想到這，小東的眼眶就泛滿淚水，他認真地記下父親在每處風景前的背影，安穩地存放在心上。

那天，他們從湖邊的公路跑向山腳下；記憶中，小東推著父親跑了好遠好遠，山峰和湖水全都化成了父親的模樣，母親一臉滿足地站在目的地等著他們回家。

離開前，小東最後一次推著父親到了湖邊，夕陽正好落下，小東從身後輕輕抱住父親，他對著父親說：「爸，你還記得小時候，你曾問過我，我的夢想是什麼嗎？那時候的我什麼都不懂，不知道怎麼回答，但現在我知道，繞了這麼一大圈，原來啊，我的夢想是，只要你們一切都好，我就滿足了。然後有天，我們再一起去一趟最美的旅行。」

父親靜靜地沒有說話，呼吸逐漸變得緩慢。

小東接著說：「我們明天就要回家了，但我想和你說：『無論在哪，只要有你在的地方，就是家。』」

　　　　　　　　　　　　　　　陪伴，是世上最奢侈的禮物

父親閉上眼，眼角流下一滴淚，打在小東的手上。

湖面被夕陽打成一片碎金，山峰上的雪正準備進入冬眠，水藍而透明的冰河隨著歲月的痕跡流入了大湖之中。

遷徙的雁群沿著湖面盤旋，有隻飛了好久好久的白色候鳥轉身飛翔，獨自朝著北方遠去，紫藍色的天際映出了歸途的背影，像是一首詩吟唱著──

「親愛的孩子啊，今後我將飛向遠方，飛越天際線到你夢境的邊緣；時間隨著肌膚紋理流逝，我將不眠不休地飛翔。我想我會繼續自己的飛翔，一直到有天回到你身旁。」

長大了才知道，眼淚有三種。
小時候的我們，哭，是因為得不到；
成長的過程，哭的是失去；
後來的我們，哭，是因為懂了。

你離開後，
我也活成了你的樣子。

你的模樣

每一次的咀嚼都像是一次思念。
小束知道母親眼角上的淚水，
他假裝沒看見，繼續將自己快溢出來的淚水往肚子裡吞；
他想著，如果思念有聲音，
在天上的你，現在應該笑得很不好意思吧。

Chapter 10.

1.

週末的清晨，太陽沿著海平面上升，照射一整片悠悠山野；路燈正熄滅，中央山脈上的雲才剛醒，被太平洋的風吹往更高的地方，在天邊形成了一朵又一朵的棉花糖雲；山腳下的村落像是被藏進了畫裡，鳥兒沿著山谷鳴唱，飛翔在人們口中的家。

2019 年的初夏，陽光飛速地鑽進所有的縫隙，穿過了房間的窗，打在還在做夢的小東臉上。

小東將身體往右挪了一些，好讓自己不要曬到太陽，左手拿起床頭櫃上的手機，瞇著眼看螢幕上顯示的時間，才 7 點多啊。小東轉頭看著窗外的好天氣，想著今天似乎是釣魚的好日子，奮力地從床上起了身；空氣裡飄散著淡淡的米香味，母親將正煮好的稀飯端上桌，聽見房間的動靜，便叫了聲：「起床吃早餐了。」

「好，來了。」

小東回頭望著窗外，延綿的山峰上，有顆翠綠的樹，樹梢正被微風吹得晃呀晃，陽光灑進窗邊的木桌上，桌上幾幅相框被照得發亮，他看著照片上那男人的笑容，輕輕說了聲早安。

　　　　　　　　　　　　　陪伴，是世上最奢侈的禮物

2.

走進廚房，母親用衣角擦乾了雙手，將最後一道炒菠菜擺上了桌；菜脯蛋、皮蛋豆腐和昨晚剛滷好的醬菜並排放在桌上，最後母親又挖一塊豆腐乳放在小碟子裡，一頓豐盛完美的早餐登場。

小東刷完牙後，滿心期待地準備吃早餐。母親盛滿兩碗稀飯，拿出一包肉鬆放在桌上，小東從小就不喜歡吃肉鬆，他想母親可能是忘了，笑笑地和她說：「媽，我不吃肉鬆啦。」

「唉呀，我一時忙糊塗了。以前你老爸吃稀飯的時候，一定要配肉鬆，有天肉鬆沒了我也忘了買，他還給我板著一張臉，吃沒幾口就說飽了，真的是氣死我。」

講完後，小東和母親兩人紛紛笑了出來，因為這件事笑了好久；母親繼續說著父親不為人知的小八卦，小東邊吃飯邊揣摩父親板著臉吃飯的神情，逗得母親笑得合不攏嘴，吃到一半的小東決定放下筷子，他看著桌上的那包肉鬆說：「今天就來挑戰一次吧。」

兩人一陣安靜，小東輕輕地將包裝打開，倒一些進碗裡，一陣肉香撲鼻而上，低頭聞了一下說：「原來這麼香啊。」
母親在一旁輕輕地笑一下沒說話，眼角似乎溼溼的。

小東將肉鬆順時鐘地拌進稀飯，接著大口大口地送進嘴裡，直到身體塞滿了思念；他張著嘴用僅有的空隙呼嚕呼嚕地說著：「原來，稀飯配肉鬆才是人生啊。」

母親在一旁擦掉了眼角準備滑落的淚水，笑了出來。

每一次的咀嚼都像是一次思念。小東知道母親眼角上的淚水，他假裝沒看見，繼續將自己快溢出來的淚水往肚子裡吞；他想著，如果思念有聲音，在天上的你，現在應該笑得很不好意思吧。
爸，你知道嗎？我只是突然好想你，真的好想你。

3.
週末的臺東，空氣裡飄散著獨有的緩慢節奏，時間在這有著特殊的計算方式，牆上旋轉的指針只是記錄日子的工具。努力為你愛的和愛你的人去活著，才是生命流動的本質。

小東在出門前，拿起了抽屜裡那本咖啡色的筆記本，他小心翼翼地在僅存不多的空白處寫下這句話；前幾頁的潦草筆跡還透著回憶，幾年前的墨跡滲透了頁面，父親重複寫著三個字，寫著他的名字。
這一年大家早已習慣將想說的話放在網路上，但在他心裡，有些話他想留在這本筆記本上，安穩地放置在屬於他們的地方。

早上 9 點不到，小東一如既往地先是騎著摩托車到市區的釣具行，
從冰箱裡挑了幾包釣餌準備結帳，老闆低頭避開老花眼鏡的鏡片，
看見了熟悉的身影，於是脫下正在看報紙的眼鏡：「今天天氣好，
去哪釣啊？」
小東說：「老地方。」
老闆說：「金樽啊，聽說前幾個禮拜的颱風，最近又有石斑魚被吹
到港口啦。」
小東說：「是啊，我媽這兩天也一直說。」
小東又說：「釣到了再送幾條過來。」
老闆笑著說：「跟你老爸一個樣。」

小東笑笑的沒說話。看著櫃檯後邊的牆壁上，一張父親和老闆開心
出海釣魚的褪色照片，照片上的男人燦笑得如海平面初升的光，金
黃色的水波倒映成他溫柔的模樣。

「謝啦，老闆！那我先走了。」
看著小東轉身準備離開的背影，老闆像是被熟悉的景象喚起了記憶，
叫住了小東。

「等等，小東。」
「嗯？」

老闆比著進來的手勢，小東走近櫃台，看著老闆起身走進倉庫的背影，視線不由自主地再度回到牆上掛著的父親的照片，心裡閃過了好多聲音，其中一個不斷反覆地在體內說著——

「多麼希望能再和你一起去釣魚，就算只有那麼一次也好。」

跨越了好幾個箱子走出來的老闆，右手拍打著衣服上的灰塵，左手拿著一支全黑的釣竿，被灰塵染成黑灰色的竿頭上貼著一張便條紙，上面寫著「周叔」，他知道，那是平常大家稱呼父親的外號。

老闆說：「來來來，剛剛說到石斑魚我才想到。前幾年，也是颱風天過後，你父親為了要去釣石斑魚，特地跑來訂了一支釣竿，後來聽說他生病了，我就先幫他保管，放著放著差點就忘了。帶回去吧，保管費我就不收了。」

老闆開了小玩笑，最後對著坐上摩托車的小東喊了一聲：「幫我和你媽問好。」

小東戴上安全帽，將裝餌的袋子掛在前座的掛鉤上，竿子一把斜靠在左肩上；沿途回家的路上他不自覺地笑了出來，像是有人點中了自己的笑穴，一發不可收拾，越笑越大聲，一旁路過的騎士紛紛被

　　　　　　　　　陪伴，是世上最奢侈的禮物

他對著空氣大笑的傻樣嚇著。小東像是聽見了此生最幽默的故事，笑得無法自抑，眼角的淚水被迎面而來的風吹向後方，以完美的弧度落在柏油路上，像是裹上了心底最深層的溫度，滾燙地燒出了一個洞。

這幾年從未發覺過的悲傷，忽然一湧而上，穿破了心臟，沿著左肩上的釣竿順勢而噴發，嘴角的弧度依舊上揚，眼淚卻不聽話地滾出眼眶。

小東對著天邊嘶啞地大喊——

「爸，我回來了，我答應過你要回來一起釣魚的啊，你怎麼這麼不守信用，自己先走啦。」
「我真的好想你，你聽得見嗎？」

4.

父親的聲音聽起來像是剛睡醒。

父親說：「喂，小東啊，我沒事，發燒打個點滴就好了。」
小東說：「爸，要多休息啊。」
父親說：「沒事，別擔心。」
小東說：「沒事就好。」
「我知道你忙，事情辦完之後，有空再回來臺東一趟吧，最近新買
了一副釣具，陪我去釣魚。」
「好。爸！要多注意身體喔。」
「沒事的，你自己也是啊。」
聲音逐漸地遠離話筒，應該是交到了母親的手上，接著按下結束通
話的按鍵。

2010 年，11 月 29 號，電話掛掉的那一天，小東看著窗外的藍天，
臺北的雲看起來軟塌塌的，像是快融化的過期糖衣，不像自己老家
天上的棉花糖雲，一朵一朵地飄在天上。

5.

初夏的金樽漁港，微涼的海風溫柔吹撫雙頰，打在港邊的浪像是大
海的脈搏，規律地拍動著；小東拿起後車廂那隻全黑的釣竿，再次

　　　　　　　　陪伴，是世上最奢侈的禮物

確認上面的灰塵全都被擦乾淨了，一把烏黑的釣竿在陽光下閃閃發亮，小東快速地綁上魚線，母親在一旁將餌備好、勾上，輕輕朝著眼前的大海甩竿。

小東和母親兩人面朝大海坐著，過程中沒有說太多話；小東看著眼前父親留下的釣竿，心裡想著不知母親是否知情，正打算開口時，母親看著抖動的釣竿喊了一聲：「在吃了、在吃了，準備拉竿。」

回過神的小東趕緊起身拿起釣竿，迅速地將釣竿往空中勾了一下，接著猛力地轉著收線器，一旁的母親也跟著起身，等不及看著被拉起的魚線。

「有了、有了，大隻的。」母親像個孩子般地在一旁起舞。

雙鉤。小東將線轉到了底，兩條黑黝黝的石斑魚被釣起，在陽光下顯得更是黝黑發亮。

母親迅速地將魚拆下，放進一旁裝著海水的冰箱，正準備換上新的釣餌時，小東拿起了手機和母親說：「媽，我們先來拍一張照吧。」母親還來不及反應，雖然一邊唸著樣子很邋遢、拍照不好看，一邊還是順勢地用手邊的抹布擦擦手，右手輕輕地調整被風吹亂的瀏海，清秀的臉龐在歲月無情的催促下，依舊顯得動人。小東將釣竿直立在兩人中間，閉上眼睛，將頭微微靠在竿子上，想像著父親就在身

旁，母親一臉慌亂地看著手機螢幕頻問：「啊，鏡頭在哪裡？我要看哪裡？」

兩人一時被這不協調的狀態逗得哈哈大笑了出來，那一刻小東按下了快門。

世界沒有停止轉動，陽光穿過了高掛在藍天上的棉花糖雲，輕柔地灑在小東和母親的臉上，烏黑的釣竿在陽光下被照得一閃一閃的。遠方像是有個人正笑著揮手道別，太平洋的風裡哼著浪花拍打的歌聲，港口邊的水蒸氣緩緩上升，凝結成了一片薄薄的思念，飄向中央山脈的山頭上，像是一幅名為「回家」的畫。

這幅畫裡，無論在哪，永遠都有父親的模樣。

畫裡說著一種愛，是在你離開了之後，我也活成了你的模樣，深切地，刻在心上。

別沮喪，此刻所有的悲傷與不安，
都將換上未來你的一臉雲淡風輕。

唯心 VRS0017

陪伴，是世上最奢侈的禮物

作　者— Peter Su

封面設計— Peter Su

內頁設計— Peter Su

專案總監— 徐奕妮 磊井靈感有限公司

特約編輯— 劉又瑄

內頁完稿— 吳靜雯

責任編輯— 施顯芬

責任企劃— 汪婷婷

特別感謝— 陪伴 上山下海的 MO（Instagram: mohfd）

總 編 輯— 周湘琦

董 事 長— 趙政岷

出 版 者— 時報文化出版企業股份有限公司

108019 台北市和平西路三段二四〇號二樓

發行專線　（02）2306-6842

讀者服務專線　0800-231-705、（02）2304-7103

讀者服務傳真　（02）2304-6858

郵撥　1934-4724 時報文化出版公司

信箱　10899 臺北華江橋郵局第 99 信箱

時報悅讀網— http://www.readingtimes.com.tw

電子郵件信箱— books@readingtimes.com.tw

時報出版風格線臉書— https://www.facebook.com/bookstyle2014

法律顧問— 理律法律事務所　陳長文律師、李念祖律師

印　刷— 和楹印刷有限公司

初版一刷— 2019 年 5 月 24 日

初版十刷— 2020 年 9 月 3 日

定　價— 新台幣 360 元

時報文化出版公司成立於 1975 年，並於 1999 年股票上櫃公開發行，於 2008 年脫離中時集團非屬旺中，以「尊重智慧與創意的文化事業」為信念。

陪伴，是世上最奢侈的禮物 / Peter Su 著. --
初版. -- 臺北市：時報文化，2019.05
面；　公分 . -- （唯心；VRS0017）
ISBN 978-957-13-7815-2（平裝）

863.55　　　　　　　　　　108007173